ぼくらのロストワールド

宗田 理

カバーデザイン◎荻窪裕司
カバー・本文イラスト◎加藤アカツキ

CONTENTS

暑い夏の日
汗《あせ》と泥《どろ》にまみれ　仲間たちと戦った
あの中学生たちは
いまどこへ行ってしまったのだろう？

主な登場人物

菊地英治《きくちえいじ》…………　〈ぼくら〉シリーズの主人公。思いやりとアイディア豊か、いたずら好きで行動的。現在、N高校3年生。

相原《あいはら》　徹《とおる》…………　N高3年。中学1年からの英治の親友。クールな中に、思慮深さと果断さを併せ持つ、頼りになる存在。

日比野朗《ひびのあきら》…………　F高3年。食べるの大好き。デブでドジだが誰にも愛される。シェフ志望でイタリアンレストランでバイト中。

安永《やすなが》　宏《ひろし》…………　家庭の事情で進学せず就職。喧嘩はめっぽう強いが、友情には厚い。久美子と相愛のナイスガイ。

橋口純子《はしぐちじゅんこ》…………　A高3年。中華料理屋“来々軒”の大家族の長女。明るくおおらかで、世話好きな、誰にも好かれる娘。

中山《なかやま》ひとみ………　聖フランシスコ学園3年。すらりとした美少女。英治のガールフレンド…？

堀場久美子《ほりばくみこ》………　F高3年。堀場建設社長の娘で元スケ番。アネゴ肌でたよりになる。得意技は必殺の足ゲリ。

前川有季《まえかわゆうき》…………　シャーロック・ホームズに憧れる2A探偵局の所長。数々の難事件を解決してきたキレ者探偵。

足田《あしだ》　貢《みつぐ》…………　あだ名は「アッシー」。2A探偵局で前川有季の助手。日比野がバイトするイタリア料理店の息子。

南《みなみ》　はる…………　銀鈴荘の住人。アメリカ暮らしが長く、博識で英語がぺらぺら。

矢場《やば》　勇《いさむ》…………　元テレビ芸能レポーター。今や、ぼくらの最大の理解者で、社会の不正に立ち向かうジャーナリスト。

橋口光太《はしぐちこうた》…………　純子の弟。中学3年。『ぼくらのデスマッチ』では誘拐された。

安永弥生《やすながやよい》…………　安永の妹。中学3年。背が高くバレー部で活躍。

北原《きたはら》　整《せい》…………　『ぼくらのデスマッチ』で殺された真田先生のあとを引き継いだ英語教師。現在は光太と弥生の担任。

Yayoi Yasunaga

I 自殺予告

1

「ラーメンを食いに行かないか？」

相原《あいはら》が、額《ひたい》の汗《あせ》を拭《ふ》きながら言った。

「この暑い日にか？」

英治《えいじ》は、ラーメンと聞いただけで汗が噴《ふ》き出てきた。

「暑いときには、熱いものがいいんだ。腹《はら》がへってるだろう？」

そう言われてみると、急に空腹《くうふく》をおぼえた。

「『来々軒《らいらいけん》』に行こう」

英治の返事を待たずに、相原は純子《じゅんこ》の店に向かって歩き出していた。

まだ六月だというのに、今日は真夏の暑さだ。

「安永《やすなが》もやってくるんだ」

相原は、時計を見ながら言った。

「安永とは、しばらく会ってないな」

英治は、急に安永に会いたくなった。

「妹のことで話があるんだってさ」

「そういえば、中学三年の妹がいたな。名前はなんといったかな？」

「弥生《やよい》だ」

「三月生まれか？」

「きっとそうだろう。安永のおやじはいいかげんだから」

「妹に何かあったのか？」

「さあ、何も聞いてない」

二人で雑談しているうちに、『来々軒』に着いた。

のれんをくぐると、席は空《す》いていた。

壁《かべ》の時計は四時を指している。

純子が奥《おく》からあらわれて、

「いらっしゃい」

と笑顔を見せた。

「純子、しばらく。ちっとも変わらないな」

「何が？」

「その笑顔。中学生のときと一緒《いっしょ》だ」

「それ、どういう意味?」

純子が英治をにらみつけた。

「ほめてるのに、すぐおこる。それもあのころと同じ」

「もう……」

ぷっとふくれて行きかける純子に、

「ラーメン二杯《はい》」

と英治が言った。

安永が入ってきて手を上げた。うしろに女の子がついている。

「妹の弥生だ」

安永が紹介《しょうかい》すると、弥生は相原と英治に向かって、

「弥生です」

と頭を下げた。

「しばらく見ないうちに、ずいぶん大きくなったな」

英治は、あらためて弥生を見た。

安永に似《に》て背《せ》が高い。顔は日焼けしている。百六十五センチはありそうだ。

「バレーをやってます」

弥生は、大きい声ではっきり言った。

「バレー、強いのか?」

英治が聞いた。

「区では優勝《ゆうしょう》しました。でも、夏休みで私《わたし》は引退しますから、そうなると、わかりません」

「エースなんだな?」

「そう言われると……恥《は》ずかしい」

弥生は、白い歯を見せて笑った。

「おれたちにもラーメンくれ」

安永は、奥へ向かって言うと、テーブルに置いてあるコップの水を一気に飲んだ。

「お兄ちゃん、それ……」

弥生がたしなめた。

「いいんだ、いいんだ」

安永は全然気にしない。

「話ってなんだ?」

相原が聞いた。

「おれんちの妹、純子の弟の光太《こうた》と同じクラスなんだ」

安永が言った。

「へえ、それは知らなかった」

純子は七人兄弟《きょうだい》の長女だ。光太は何番目だろうと思った。

「二人とも中三か？」

「そうです」

「来年は高校だな？」

当たりまえのこと聞いてると思っているかもしれない。

弥生が笑ったので、英治もつられて笑った。

ついこの間まで小さいと思っていたのに、もう中学三年か。

英治は、変なことに感心した。

「連中、もうすぐ修学旅行なんだ」

安永が言うと、トレイにラーメンのどんぶりを二つのせて運んできた純子が、

「そうなのよ」

と言った。

純子のあとから男の子が、ラーメンを二つトレイにのせてやって来た。

「光太です」

男の子は、英治たち三人に頭を下げた。

「光太って、ずっと前に誘拐《ゆうかい》された、あの光太か？」

英治は、まじまじと見つめた。

「あのときは、かわいい小学生だったのに、でかくなったな」

「菊地《きくち》、おじさんみたいなこと言うな」

安永に言われて、英治は、そうだと思った。

「あのときは、いろいろお世話になりました」（『ぼくらのデスマッチ』参照）

「光太を助けに行ったさよばあさんも死んじゃった。それに瀬川《せがわ》さんも」

英治は、少しばかり感傷的《かんしょうてき》になった。

「君たちが同じクラスとは面白いな」

相原が言った。

「はい」

二人とも少し固くなっている。

「先輩《せんぱい》たちの修学旅行の話、姉から聞きました」

光太が言った。

「おれたちだけの修学旅行か。あれは八月だったたな」

「本栖湖《もとすこ》よ」

英治が言うと、純子がつづけた。

「殺し屋に追っかけられたんでしょう？」

弥生が言った。

「コアラとリスとカマキリ。あの殺し屋との戦いはスリルあったな」

「どじで、すっとこどっこいの殺し屋だったぜ」

安永が、思い出したように笑った。(『ぼくらの修学旅行』参照)

「君たちはどこへ行くんだ、京都か?」

英治が聞いた。

「そうです。二泊《はく》三日です」

弥生が答えた。

「いつも京都じゃ、面白くないだろう?」

「そうは思うんですけど、自分たちだけで修学旅行やろうなんて言っても、だれものってこないから、しかたありません」

「そうかな? 自分たちでやりたいと思わないか?」

「そんな面倒《めんどう》なことするより、パック旅行のほうがいいんです」

「それで面白いのか?」

「面白くはないけど、何も考えなくてもいいから」

「まるで年寄りみたいなことを言ってるじゃないか」

英治は違和感《いわかん》をおぼえた。

「ところが、ここで問題が起きたんだ」

弥生の話に安永が割《わ》りこんだ。

「修学旅行をやめないと、自殺するという電話がかかってきたんです」

光太が言った。

「なんだそれ？」

英治が聞き返した。

「最近、聞いたことあるだろう？　体育祭をやるなら自殺するという電話がかかってきて、体育祭を中止したって話。あれさ」

安永が言った。

「ある作家がサイン会を書店でやると言ったら、中止しなければ、爆弾《ばくだん》を仕掛《しか》けると言って脅《おど》かし、中止されたことがあった。おれ、こういう卑劣《ひれつ》な話を聞くと、むちゃくちゃ腹が立つんだ」

めずらしく、相原が興奮《こうふん》して言った。

「おれもそうだ。卑《ひ》きょう者《もの》は許《ゆる》せねえ」

安永が吼《ほ》えるように言った。

「おれも同じだ。なんで関係ない人たちを巻《ま》きこむんだ。しかも電話一本というのが気に入らねえ。自分は安全なところにいて、人を脅かして楽しんでいる。いやなやつだ」

英治も、話しているうちに、だんだん腹が立ってきた。

「修学旅行はいつあるんだ？」

相原が聞いた。

「二週間後です」

光太が言った。

「みんな、このことは知ってるのか？」

「ええ、先生が言ったから知ってます」

「みんなは、それを聞いてなんて言ってる？」

「怒《おこ》ってる者と、それならやめようと言う者といます」

「どっちが多い？」

「クラスは三十八人ですけど、ヤバイからよそうと言ってるのが十人います」

「そんなにいるのか？」

この結果は、英治には信じられない。

「修学旅行に行きたくないやつがいるのか？」

安永も驚《おどろ》いている。

「いるんです。もともと行きたくないから、こういうことがあると、やめようと言い出すんです」

「どうして行きたくないんだ？」

「団体行動が嫌《きら》いなんです」

「一人なら行きたいのか?」

「そうです」

「君はどうだ?」

英治は、光太に聞いた。

「ぼくはみんなと行きたいです」

「私も」

光太と弥生が同時に言った。

安永が言った。

「それがふつうの中学生だ」

「自殺するという電話は、行きたくない連中の一人かな?」

英治が言った。

「そうは考えたくないけれど、そうかもしれません」

光太は、ためらいがちに言った。

「先生たちはどうなんだ?」

「会議を開いてますけど、まだ結論《けつろん》は出てないようです」

「PTA《ピーティーエー》は?」

「それは、うちの母に聞いてください」

と光太が言った。

「呼《よ》んでくるわ」

純子が奥へ入っていった。

2

純子は、間もなく母親の暁子《あきこ》をつれてきた。

「そうなのよ。困《こま》ってるの」

暁子は、光太と並《なら》んですわった。

「電話があったって、教頭の古屋《ふるや》先生から聞かされたときは、ショックで息が止まりそうだったわ」

暁子が言うと光太が、

「おふくろ、オーバーなんです」

と苦笑した。

「オーバーじゃないわよ」

暁子は、むきになって否定《ひてい》する。

「いま、校長先生はだれですか？」

「新田《にった》先生」

「ああ、死んだか」

英治が言った。

「まだ、死んじゃいないわよ」

暁子は、真顔で言った。

「新田はシンダとも読めるでしょう？　だから、私たちは死んだと言ってたの」

純子が言った。

「へえ、それいただき。みんなに教えよう」

弥生は、そのあだなが気に入ったらしくて、いつまでも笑っている。

「こいつ、笑い出すと止まらないんだ」

安永が、呆《あき》れたように言った。

「それで、ＰＴＡの結論はどうなったんですか？」

相原が聞いた。

「費用も貯金したし、子供たちにとっちゃ、三年間待ちに待った修学旅行だから、なんとか行かせたいというのが役員の意見なの」

「みんながみんな、修学旅行に行きたいわけじゃないんです。行きたくないけど、しかたないから行くってやつもいるのに、親たちは、みんな修学旅行に行きたいと決めちゃってるんです」

「それ本当？　信じられないわ」

暁子は、唖然《あぜん》として光太を見つめている。

「本当です」

弥生が言った。

「修学旅行っていえば京都。まるでバカの一つおぼえみたい。先公って、どうしてこう頭が悪いんだ？」

光太がふてくされたように言った。

「京都以外の意見も出したのか？」

英治が聞いた。

「出しました。でも、全然受けつけないんです」

「理由を言ったか？」

「修学旅行は京都に決まってる。これじゃ、行きたくなくなるのも当然ですよ」

「先公の石頭は、むかしもいまも変わんねえな。中学には修学旅行がある。だから行くんだ。なぜ京都に行くかというと、京都は何度も行ってるから、ノウハウがある。それだけ危険《きけん》が少ないってわけさ」

安永が言った。

「決まってることをへたに変えて文句をつけられるなら、変えないほうがいいと考えるのが教師なんだ」

相原がつづけた。

「でも光太は、京都でもいいんでしょう？」

暁子が聞いた。

「いいよ。京都って行ったことないもん」

「あら、京都へつれて行かなかったかしら？」

「惚《とぼ》けちゃって。箱根《はこね》の向こうには行ったことないんだ。そんなやつ、クラスでぼく一人だぜ」

「そう、それはかわいそうね」

暁子はかわいそうと言いながら、にやにやしている。

かわいそうなんて、ひとかけらも思っていない顔だ。

「PTAは、結局どうすることにしたんですか？」

相原が聞いた。

「それぞれ、自分の子供に聞いてみるってことになったの」

「聞いたって、本当のことは言わないよ」

暁子が言った。

光太は、そっぽを向いて言った。

「そうなのよ。聞いてみたら、全員が修学旅行に行きたいって答えたの」

「それじゃ、さっきの話とちがうじゃないか？」

英治が言った。

「みんな、親に聞かれると親の喜びそうなことを言うんです」

弥生が言った。

「なんで、自分の考えを言わないんだ？」

「言えば面倒くさいから」

「面倒くさい？」

「修学旅行に行きたくないと言えば、なぜって聞かれるでしょう。すると何か理由を言わなくちゃならない。行くと言えば、ああそうかってことになる。だからですよ」

「それ、変だと思わないか？」

英治は、相原と顔を見合わせた。

「おれたちのときは、いやならいやって言った。自分の心をいつわることはしなかった。どうしてこうなったのかな？」

相原が首をかしげた。

「だれに対しても、トラブルを起こしたくないんです」

「そうなると、友だちはできないじゃないか？」

安永が弥生に聞いた。

「そうよ。友だちと遊ぶよりは、一人でテレビゲームやってたほうが、面倒がなくて楽しいって子が多いよ」

「仲間で何かしようなんてことはないのか？」

「仲間をつくろうとしても、だれものってこないよ。それに、やることもないし」

弥生が言うと、光太がうなずいた。

「仲間でわいわいやったら楽しいと思わないか？」

「ぼくはそう思うんだけど、そんなのうっとうしいって言われちゃうんです」

「いつからこんなふうになっちゃったんだ？」

安永が呆れたように言った。

「いつとは言えないけど、気がついたら急にこんなふうになってたわね。あなたたちのときみたいな元気は、いまの子供たちにはない。みんなしらけてるわ」

暁子が言った。

「燃えなくなった中学生なんて、さびしいな」

相原はぼそっと言った。

「で、ＰＴＡの結論は、どういうことになったんですか？」

英治がまた暁子に聞いた。

「行かせたいけれど、どうするかは、学校におまかせするということになったの」

「学年はいま三クラスあるんですけれど、どこのクラスのだれがそんな電話をしたか、捜《さが》そうということになってるんです」

光太が言った。

「犯人《はんにん》捜しか。感心しないな」

英治は、なんとなく悪い予感がして、気が重くなった。

3

三年二組の担任北原整《たんにんきたはらせい》は、教室の前でちょっと足をとめた。

教室の中から、生徒たちの騒《さわ》がしい声が聞こえてきた。

これは毎朝のことだから、大して気にならない。

戸をあけて教室に入ると、少し静かになったが、半分くらいの生徒は、北原を無視《むし》して笑ったり、しゃべったりしている。

教壇《きょうだん》に上がった北原は、出席簿《しゅっせきぼ》で教卓《きょうたく》をたたくと、

「静かにしろ」

と言った。声に迫力《はくりょく》がないので、生徒たちは無視して騒いでいる。

「静かにしろ」

今度は、少し大きい声で言った。

やっと教室が静かになった。

「修学旅行のことだが……」

北原が言いかけると、

「電話の犯人わかった？」

と声が返ってきた。

「まだわからん」

「行くのか、行かねえのか、早く決めてくれよ」

茶髪《ちゃぱつ》の町田《まちだ》が、斜《しゃ》にかまえて言った。

「めずらしいな、学校に来るの何日ぶりだ？」

町田は、ほとんど学校に来ない。北原は、何回町田の家を訪問《ほうもん》したかしれない。

「修学旅行のことが心配で来たんだよ」

町田が言うと、教室中がどっと湧《わ》いた。

「おまえ、修学旅行に行きたいのか？」

「当たりめえだろう。おれたちは、このために貯金までしてるんだ。これで中止したら詐欺《さぎ》だぜ」

町田が言うと、隣《となり》の三原《みはら》が、

「そうだ、行かないんなら金返せ」

と手をたたいた。

「なんだ、三原もいるのか？」

三原も茶髪で、いつも町田とつるんでゲーセンに行っている。

「来るのが悪いみてえな言い方するじゃんか？」

からんでくる三原を、北原は軽く受け流して、

「そうじゃない。久《ひさ》しぶりに二人の姿《すがた》を見て、うれしくなったんだ」

これはうそではない。

まるで反応のない生徒よりは、この二人と話しているほうが、よほど心がはずんでくる。

この二人にはパワーが感じられるからだ。

「言ってくれるぜ」

町田と三原は、手をたたき合って、はしゃいでいる。

「修学旅行だが、どうしても行きたい者は手を挙《あ》げろ」

北原が言うと、町田、三原をはじめ三分の二ほどが手を挙げた。

「手を挙げない者は行きたくないのか？」

北原が聞いても黙《だま》っている。

ぼんやりと窓《まど》の外を眺《なが》めている朝丘宏《あさおかひろし》に、

「朝丘、どうして行きたくないのか、理由を言ってみろ」

と言った。

朝丘は、いつも窓の外を見ているが、話を聞いていないわけではない。勉強はあまりしないので、成績は中くらいだが、教師に対してときどき鋭《するど》いことを言う。むかつくこともあるが、気になる存在《そんざい》であった。

「修学旅行って、なんでいつも京都なんだ？　あんなところ行きたかねえよ」

朝丘は、なげやりな調子で言った。

「どこなら行きたいんだ？」

「重油が流れついて困っているところにボランティアで行くとか、そのほうがずっと面白い」

朝丘の言うことを聞いたとたん、北原はぎくっとした。

――そうか、そういう修学旅行もあるのだ。

たしかに、そんな修学旅行をやれば、だれかのためにもなるし、一生の思い出になるかもしれない。

北原は、そのことを一度も考えてみなかった自分を恥《は》ずかしく思った。

「朝丘の案はなかなかいい」

北原が言ったとたん、

「そんな修学旅行なら、おれは行かねえ」

「おれもだ」

町田と三原がつづいて言った。

「そのことより、学校では、この際修学旅行を中止したらどうかという案がある。それに対して、おまえたちの意見を聞きたい」

北原は、町田と三原を無視して言った。

「電話一本で修学旅行やめるなんて許せねえ。絶対反対」

町田が元気のいい声で言った。

「町田、おまえはこういうときだけ元気がいいな」

「おれは、これをやりたくて三年間学校に通ったんだ。自殺してえって言うなら、させときゃいいじゃんか」

町田が言うと、三原が、

「そうだよ。したいやつを学校が邪魔《じゃま》することねえだろう」

とつづけた。

「だれ？　そんな電話したの。この中にいたら手を挙げなよ」

野口《のぐち》ひろ子《こ》が言った。

「そんなこと言って、挙げるわけないだろう」

光太が言うと、ひろ子は、

「この中にいることはたしかなんだ。きっと見つけて、フクロにしてやるからね」

「その電話、男か女かどっち？」

間野《まの》すみ江《え》が聞いた。

「男の声だったそうだ」

北原が言った。

「電話を聞いたのはだれですか？」

松下恵子《まつしたけいこ》が聞いた。

恵子は、三年二組ではいちばん成績がいいのに、さほど勉強しているとは見えないから人気がある。

「校長先生だ」

「あいつ、自分が行きたくねえから、うそついてんじゃねえのか？」

井川《いかわ》が言った。

井川は小学校に入る前から柔道《じゅうどう》をはじめ、いまは初段《しょだん》である。

体も大きいので、みんな一目《いちもく》置いている。

「校長は死んだ？」

光太が言った。

「え？」

みんなが光太を注視《ちゅうし》した。

「校長の名前は新しい田だから、シンダというんだ。これは先輩から聞いた」

「そうか、校長は死んだか」

教室の中は急ににぎやかになったが、一人だけ取り残されたように、教科書に目を落としている、川合賢一《かわいけんいち》の姿《すがた》が目についた。

賢一は、まるで離《はな》れ猿《ざる》みたいに、いつもみんなから距離《きょり》を置いている。みんなともほとんど口をきいてないようだ。北原が話しかけても、はいとかいいえという以外話さない。

北原は、賢一が何を考えているのか、嬉《うれ》しいのか、哀《かな》しいのか、さびしいのか、まるでわからない。

そのことはときどき気になるのだが、ついそのままになっている。

「川合、おまえ修学旅行に行きたいか？」

北原が聞いた。

「はい」

ほとんど聞こえない声が返ってきた。

「はいじゃわからん。行きたいか、行きたくないのか、どっちだ？」

「行きたいです」

北原には聞こえなかったが、隣の席の弥生が大きい声で言った。

「そうか」

京都へ行っても、おそらくだれも賢一を仲間には入れないだろう。

すると、彼《かれ》は一人で京都の街を歩くことになるのか。

それでも、行きたいのだろうか？

それとも、本当は行きたくないのに、行きたいと言ったのか？

「とにかく、なんとか修学旅行に行けるようにするから、みんながたがたするな」

北原は、それだけ言い置いて教室を出た。

廊下《ろうか》で隣の三組の教室から出てきた山内美津子《やまうちみつこ》に会った。

山内は三組の担任で国語を教えている。

「どうでした？　先生のクラス」

山内が聞いた。

「行きたくないのが三分の一です」

「じゃあ、私のところと同じですわ。でも、三分の一が修学旅行に行きたくないなんて、私たちのときとくらべたら信じられません」

山内は北原より三年後輩で二十五歳《さい》である。

「四、五年前、ぼくが新米教師だったころとくらべても、生徒たちはすっかり変わってしまった」

北原は、ふいに新米教師だったころを思い出した。

すると、あの当時の生徒の顔が浮《う》かび上がってきた。

相原、菊地、安永、柿沼《かきぬま》、谷本《たにもと》、宇野《うの》、日比野《ひびの》、天野《あまの》、中尾《なかお》、立石《たていし》、小黒《おぐろ》、秋元《あきもと》、佐竹《さたけ》、西尾《にしお》、ひとみ、純子、久美子《くみこ》、佐織《さおり》、律子《りつこ》……。

懐《なつか》しい顔だ。あの連中もいまは高校三年生。

どうしているだろう？

北原は、あの連中に会いたくなった。

北原と山内が職員室に戻《もど》ると、一組の担任で、学年主任の小川《おがわ》が、

「どうでした？」

と二人に聞いた。

「うちのクラスでは、どうしても修学旅行に行きたいと答えたのは三分の二です」

北原が言うと、山内が、

「うちも同じです」

とつづけた。

「一組もそうです。近ごろのガキはかわいくないですな」

と小川が言うと、山内が、

「京都に魅力《みりょく》がないみたいですわ」

と言った。

「京都はだれでも知っているが、みんなで行くから楽しいんです。こういうチャンスは、修学旅行しかありません」

教頭の古屋が言うと、教務主任の大池《おおいけ》が、

「そのとおりです」

とすり寄るようにあいづちを打った。

大池は、古屋の腰《こし》ぎんちゃくであることを隠《かく》すどころか、みんなにあからさまに見せつけている。

「だれが校長先生に電話したか、心あたりはありませんか？」

大池が聞いた。

「ありません」

北原と山内が同時に言った。

「北原先生のクラスに、川合という生徒がいるでしょう？」

小川が言った。

「はい、おります」

「川合に会ってみたいのですが、あとで呼んでいただけますか？」

「川合が何か……？」

北原の表情が知らずにこわばった。

「ちょっと聞いてみたいのです。気になることがあるので」

「気になることとおっしゃいますと……？」

「いや、それは川合に会ってからお話ししましょう」

小川は話題をそらした。

北原は、川合を呼びに職員室を出た。

4

「川合がつれていかれたぞ。なんだ？」

井川が、教室に入ってきて言った。

「電話したのは、あいつだ」

三原は、わかっているという顔をした。

「川合がそんなことするかな？」

光太が首をかしげた。

「それじゃ聞くけど、川合のほかに怪《あや》しいやつがいるか？」

三原は、周囲を見まわした。

「おれ」

朝丘が、自分の顔を指さした。

「おめえはやらねえ」

「どうしてわかる？」

「おめえは、面倒くさがりだから、自殺なんかするタマじゃねえ」

「よくわかってるじゃんか」

「そうさ。おれはなんでもわかる。電話したのは川合だ。戻《もど》ってきたら、おれが聞いてやる。言わなきゃヤキを入れる」

「やめろよ。そんなことは先公にまかせとけ」

光太は、まずいことになりそうだと直感した。

「おめえ、クラス委員だからって、いい子ちゃんぶるな」

三原は、光太の額を指で押《お》した。

強い力だ。こいつと本気で闘《たたか》ったら勝てそうもないと思った。

教室の中は、川合が電話したかどうかで、みんなが言いたいことを言い合っている。

そのうち、いつの間にか川合がやったということで、意見がまとまってしまった。

川合は、十五分ほどして教室に戻ってきた。

表情は、いつもと変わらない。

川合は、いつも無口で沈《しず》みこんでいるのだ。

「川合、何を聞かれた？」

町田が言った。

「別に……」

川合は、口の中で言った。

「隠すなよ。何を聞かれたか言えよ」

「修学旅行のことだよ」

「修学旅行のなんだ？」

町田は、たたみこむように聞く。

「おまえが電話したのかと聞かれたから、電話なんかしないと言ったんだ」

「本当に、おめえやってねえのか？」

三原が、川合の顔をのぞきこんだ。

「本当だよ」

川合の声が少し大きくなった。

「だけど長かったじゃんか。ほかに何を聞かれた？」

三原が言った。

「やってませんと言っても、おまえがやった、おまえがやったと言って、帰してくれないんだ」

「聞いたのはだれだ？」

「小川先生」

「小川か……。やつはしつこいからな。ほかにも何か言われたろう？」

「死にたかったら黙って死ね。ほかの人に迷惑《めいわく》をかけるなと言われた」

「死にたきゃ死ねって言ったのか？」

光太が聞いた。

「うん、そう言った」

「ひどい！」

弥生の頬《ほお》がみるみる紅潮《こうちょう》した。

女子たちが、いっせいに「ひどい」と言い出した。

「おれは小川は嫌《きら》いだけど、死にたきゃ黙って死ねってのは気に入ったぜ」

町田が言うと、女子の間からいっせいにブーイングが起こった。

「そんな、うわっつらだけ天使みたいな顔するなよ、心の中は鬼《おに》のくせに」

「鬼とは何よ」

弥生が食いついた。

「鬼と言って何が悪い。じゃ聞くけど、女子は、いじめはやらねえのか？」

町田が言うとひろ子が、

「やるよ。気に入らないやつは、トイレにつれてって、モップで顔拭いてやるよ」

と言った。

ひろ子も茶髪で、けんかで負けたことはないという評判《ひょうばん》だ。

弥生は黙ってしまった。

「川合、昼にちょっと顔かせ」

三原に言われた川合は、うなだれて自分の席に戻った。

川合の席の前が朝丘である。

川合がいすにすわるのを待って、

「昼になったら逃《に》げろ」

朝丘はふりむいて、小声で言った。

「逃げたら、つかまって、もっとひどい目に遭《あ》わされる」

川合は、あきらめたように言った。

「いいから逃げろ」

「うん」

川合はうなずいた。

光太は二人の会話を聞いていて、川合は、逃げないだろうなと思った。

川合がみんなからいじめられているのは、小学校以来である。

体が小さくて、体力もなく、おとなしい川合は、女子からもいじめの標的《ひょうてき》にされていた。

光太は、何度か川合にアドバイスしたがだめだった。

川合には闘争本能《とうそうほんのう》がないのだ。

それなら、ウサギみたいにすばやく逃げればいいのだが、それもできずにつかまって、やられてしまう。

見ているとかわいそうだが、どうしようもなかった。

昼になった。

弁当を食べ終わると、三原が川合の席にやってきて、

「行こうぜ」

とすごみをきかせて言った。

川合がのろのろと立ち上がって、三原のあとにつづいた。

すると、朝丘も席をはなれてついていく。

「なんだ？　おめえ」

三原がとがめた。

「ちょっと、そこまで行くんだ」

朝丘はけろりとして、光太に来いとあごをしゃくった。

光太も朝丘のあとにつづいた。

廊下に出ると三原は、

「おめえたちは来るな」

と二人をにらみつけた。

「ちょっと見るだけだ。いいだろう？」

朝丘はとぼけている。

三原は、それ以上何も言わず、校舎《こうしゃ》を出ると、体育館の裏手《うらて》にまわった。

そこは日も射《さ》さず、人影《ひとかげ》もない。

長い塀《へい》との間に幅《はば》五メートルくらいの空間がある。

三原はその中ほどまで行くと、

「川合、そこへ正座《せいざ》しろ」

と言った。

川合は、言われるままに、地面に正座した。

「電話したのはおめえだろう？」

三原は、仁王立《におうだ》ちになって、川合を見おろしている。

「ちがう。ぼくじゃない」

川合は首をふった。

「電話するやつはおめえしかいねえ。おめえだ」

「ぼくじゃない」

「おめえって、見かけによらず強情《ごうじょう》だな。やりましたと白状《はくじょう》したら許してやるが、シラを切るなら覚悟《かくご》はできてるだろうな?」

「ぼくはやってない」

川合は、地面に目を落としたままつぶやいた。

「おめえ、どうしてうそをつくんだ? うそは泥棒《どろぼう》のはじまりってこと知ってるか? おれの目を見ろ」

三原に言われて、川合は顔を上げた。目が怯《おび》えているのが、離《はな》れている光太にもわかった。

三原は、いきなり川合のあごを靴《くつ》でけった。

川合はうしろにひっくりかえった。

「おれが行ってくる。川合をつれていけ」

朝丘はそう言うと、三原の前にのこのこと歩いていった。

「なんだ? おめえ。何しにきた」

三原がかまえている。

「川合のかわりになぐられにきた」

「おめえなんかに用はねえ。あっちへ行け!」

「ところが用があるんだ。電話したのはおれなんだ」

「何？」

「本当だ。おれなんだ。おれ修学旅行に行きたくないから、あんな電話したんだ。川合じゃない」

朝丘は、全然びびっていない。なぜだ？　怖《こわ》くないのだろうか？

「うそつくんじゃねえ。邪魔《じゃま》する気か？」

三原は、朝丘の胸《むね》を突《つ》いたが、その腕《うで》を軽くかわされて、前につんのめってしまった。

「この野郎《やろう》！　やる気か？」

三原は、ボクシングのかまえを見せた。

光太は、川合の腕を引っぱると、あとも見ずに走った。

運動場を走り抜け、校門までやってくると、

「このまま家に帰れ」

と川合に言った。

「うん」

うなずいて、川合は校門を出て行った。

5

英治と相原は、駅を出たところでひとみに会った。

「どこへ行くの？」

ひとみが聞いた。

「『来々軒』だ。一緒に行かないか？」

英治が言うと、

「そうね、しばらく純子と会ってないから行こうかな。『来々軒』のラーメンも食べたいし」

「ちょっと太ったんじゃないか？」

英治は、言ってからしまったと思った。

案《あん》の定《じょう》、ひとみは目をつり上げた。

「どうして、そういういやみを言うの？　何か私に恨《うら》みでもあるの？」

「恨みなんてとんでもない。その反対だよ」

「反対って何よ」

「恨みの反対だから、好きってことさ」

「本当に好きなら、そういう無神経《むしんけい》な言い方は絶対しないわ」

ひとみが、口ほどには怒《おこ》っていないということが英治にはわかる。

「女の子って、太ってるって言うといやがるけど、おれは太ってるほうが好きだな。どうしてやせたいんだ？」

相原が、他人事《ひとごと》みたいに言った。

「そりゃ、やせてるほうがかっこいいもん」

ひとみが言った。

「おれも、太ってるのは好きだ」

英治が言ったとたん、

「じゃ、いい子紹介《しょうかい》してあげるわ。百六十センチ、七十キロ。これなら気に入るでしょう？」

「それは太りすぎだ」

雑談しているうちに、『来々軒』に着いてしまった。

「おい、キタさんだ」

相原が道路の向こうを指さした。

北原が女性と一緒に道路を渡《わた》るのが見えた。

「美人だな。奥《おく》さんかな？」

英治が言うとひとみが、

「ちがうわ。きっと同じ学校の先生よ」

と言った。

「知ってるのか？」

「知らないけどわかるわよ」

道路を渡りおえた北原と女性は、こちらにやってくる。

「先生、しばらくです」

英治があいさつすると、北原は三人を見つめたまま、ぼんやりしている。

「先生、私たちを忘《わす》れたの？」

ひとみが言うと、北原は慌《あわ》てて、

「とんでもない。君たちを忘れるわけがない。びっくりして、言葉を失っただけだ」

「先生、あのころからくらべると貫禄《かんろく》がつきましたね」

相原が言った。

「あれから四年たつな、君たちも高校三年か？」

「そうです。来年は大学です」

「そうか……。あ、この人はうちの学校の山内先生だ」

北原は、山内を三人に紹介した。

三人も山内に自己《じこ》紹介した。

「菊地君が、先生の奥さんかって言うんで、ちがうって言ったんだけれど、それでよかったかしら？」

ひとみは、北原をからかっている。

「おれもこの先生も独身《どくしん》だ、奥さんなんてとんでもない」

北原は強く手をふった。

「先生、どうしてそんなに慌《あわ》ててるんですか？　おかしい」

ひとみは楽しんでいる。

「慌ててなんかいない」

「隠してもだめ、私にはちゃんとわかります。先生、山内先生が好きなんでしょう？」

「君、なんてことを言うんだ？　教師をからかうんじゃない」

「教師だって」

ひとみは声をあげて笑った。

そばに立っている山内は、二人のやりとりをにこにこしながら眺めている。

北原には、もったいないくらいの美人だ。これでは、北原が好きになるのも無理はないと英治は思った。

「教師と言ったのはまずかった。訂正《ていせい》する。君たちは『来々軒』に来たのか？」

「そうです」

英治が言うと北原が、

「おれたちもそうだ」

と言った。

のれんをくぐって店へ入ると、暁子が、

「いらっしゃい」

と元気な声で言ってから、奥に向かって、

「光太、先生だよ」

と言った。

「先生、光太の担任ですか？」

英治が聞いた。

「そうだ」

「じゃあ、山内先生は？」

「北原先生は二組、私は三組の担任」

山内が言った。声がすごく魅力的だと思った。

「わかった。それじゃ修学旅行のことで来たんですね？」

「君、修学旅行のこと知ってるのか？」

北原は、英治の顔を見た。

「知ってます。光太と弥生から相談を受けてるんです。だから来たんです」

「そうか、そうか」

北原が大きくうなずいたとき、光太がやってきて、

「いらっしゃい」

とあいさつしてから、

「ラーメンでいいですか？」

と聞いた。

四人がいいと言うと、光太は奥へ向かって、

「ラーメン四つ」

と大声で言った。

「はーい」

という声とともに、純子があらわれて、

「こんにちは」

とあいさつした。

「しばらく」

ひとみは、たちまち純子とおしゃべりをはじめた。

「この四人は、ぼくの最初の生徒なんです」

北原が、山内に言ったとき、表から安永が弥生をつれて入ってきた。

「先生こんにちは。兄です」

弥生があいさつした。

安永は山内に自己紹介した。

「彼《かれ》も、同じ仲間です」

北原が言った。

「そのころ、ぼくらの担任は真田《さなだ》という先生でしたが、殺されたんです。そのあと、ぼくらのクラスの担任のなり手がなかったんで、新米の北原先生に押《お》しつけたんです」

相原が、当時のいきさつを山内に説明した。

「あのときは校長から、この連中を徹底的《てっていてき》にたたき直せと命令されたんです」

北原が言った。

「そんなこと言われて、よく引き受けましたね？」

山内は、大きい目で北原を見た。

「命令にさからえないことが一つと、もう一つはこの連中に挑戦《ちょうせん》してみたかったんです」

「校長は先生にこう言ったんです。全員を二宮金次郎《にのみやきんじろう》にしろって」

英治が言ったとたん、山内が笑いだした。

「あのとき、先生は、ぼくらになんと言ったか覚えてますか？」

英治が言った。

「覚えてない」

「こう言ったんですよ。君たちはいまのままがいいと思う。このまま君たちが大きくなったら、きっと、すばらしい大人になれるとぼくは確信《かくしん》している」

「そうか、そんなことを言ったか。おれも若《わか》かったな」

「それから、こうも言いました。子どものときは、みんなすばらしいんだ。しかし、大人になるにつれて、そのすばらしいものが、少しずつはがれ落ちていってしまうんだ。ぼくは、君たちをそんな大人にしたくない。いや、そうさせないことがぼくの使命だと思っている」

山内が手をたたくと、北原はすっかりてれて、

「やめてくれよ」

と言った。

「すてきだわ。北原先生を見直したわ」

「ぼくはあの当時、教育に情熱を持っていた。この連中もすばらしい生徒だった。しかし」

北原の視線は遠くに向けられていた。

「しかし、なんですか？」

安永が聞いた。

「あんな情熱はもうない」

「なぜですか？」

「ぼくがどんなに情熱を注《そそ》ぎこもうとしても、生徒が受け入れてくれないのだ。たった四年だけれど、君たちのころとは生徒がすっかり変わってしまった」

「どう変わったんですか?」

英治が聞いた。

「なんと言ったらいいのかな。つまり体温が感じられないんだ。人間って、熱い血が流れているだろう? だから熱くなれるんだ。ところが、いまの生徒たちはこっちがどんなに熱くなっても、自分たちは、決して熱くならない。まるで冷血動物だ。これは空《むな》しい」

「それは、私も実感しています。でも絶望はしてません」

山内があいづちを打った。

「どうして、そんなふうになっちゃったんですか?」

「わからん」

光太と純子がラーメンを運んできた。

「卒業式に、君らが先生たちの頭を丸刈《まるが》りにしてしまった話をしても、生徒たちは全然のってこない」

北原は、ラーメンをすすりこんだ。

「ばかなことしやがって、と思ってるんですか?」

「そうだろう」

「たしかに、あれはばかばかしかった。だけど、だから面白かったんだ」

英治が言った。

「そういうことに面白さを感じなくなったのは、みんな大人になっちゃったのかな？」

「そんなことでいいのかなと思っている」

北原はまじめなのだ。

みんな、ラーメンを食べることに夢中になった。

6

「川合は、職員室につれていかれて、何を聞かれたんですか？」

食事が終わるのを待って、光太が聞いた。

「聞いたのは小川先生だが、修学旅行に行きたいか、行きたくないか聞いた」

「行きたいって答えたでしょう？」

弥生が言った。

「そう言った」

「聞いたのはそれだけ？」

「いや、電話しなかったかどうか聞いた」

「そんなの、しないって言うに決まってるじゃん」

光太が言った。

「困っていることがないか、いじめられていないかも聞いた。川合は、どちらもないと答えた」

「ほかには？」

「全部聞いていたわけじゃないけど、最後は、困ったことがあったら、おれに相談するようにと言って帰した」

北原が言った。

「そのあと、川合はどうなったか知ってる？」

光太が言った。

「何かあったのか？」

北原の目が揺《ゆ》れた。

「自殺するって電話したのは、川合だっていうことになって、三原につれていかれたんだ」

「リンチされたのか？」

「やつは、リンチするつもりだったらしいけど、朝丘が代わってやって、川合は逃げた」

「朝丘が川合の代わりにリンチを受けたのか？」

「リンチされたのかどうか知らないけれど、朝丘は、おれが電話したんだって三原に言ったんだ」

「朝丘が電話した？」

北原の声が変わった。

「あいつが自殺の電話なんてするわけがない。三原も信じなかった。三原が朝丘になぐりかかった隙《すき》に、逃げろと言うんで、川合をつれて逃げてきた」

「それから川合はどうした？」

「もう帰れと言って学校から帰した。そのあとは知らない」

「そうか」

北原は腕組《うでぐ》みしたまま考えこんでしまった。

「朝丘ってのは、面白い男だな」

安永が言った。

「あいつ、どの先生にもなぐられてるんです。なぐらないのは北原先生と山内先生くらい」

「どうしてそんなになぐられるんだ？　そんなにワルか？」

「そうじゃないんです。クラス中が騒いでいると、代表してなぐられるんです」

「なぐられて文句言わないのか？」

「なんにも言いません。だからいつもやられるんです」

「そいつ大物だぜ」

英治が言った。

「小学校のとき算数の宿題が出たんです。そのとき朝丘は、答を1・2・3・4・5・6と書いて出したんです」

「でたらめに書いたのか？」

「そうです。そうしたら○をくれたって」

「どうしてだ？」

「先生は、ちゃんと見てないんです。朝丘は、先生がまじめに宿題を見ているかどうか試《ため》してみたんだって」

英治も相原も思わず笑ってしまった。

「あいつ、そんなことやったのか？」

北原は、山内と顔を見合わせた。

「朝丘君は、本はめったやたらに読んでるけれど、漢字はまったくだめね。だから国語はいつも3。授業中もぼんやりと窓の外を眺めている。何見てるのって聞いたことあるけど、空だって。私たちの物差しでははかれないけれど、面白い子ね。将来《しょうらい》が楽しみだわ」

山内が言った。

「光太、川合の家に電話してみろ」

光太は、北原に言われて、電話をしにいった。

しばらくして戻ってくると、

「だれも出ない。家に帰ってないいんだ」

と暗い声で言った。

「それはまずいな」

北原が焦《あせ》っている。

「どうしたのかしら？」

山内の表情もかげった。

「その辺を、どこかほっつき歩いているんじゃないか？」

「あいつは、そんなことしないよ」

光太が北原の意見を否定した。

「友だちはいないの？」

ひとみが聞いた。

「いません。彼はいつも一人ぼっちです」

「よくいじめられてたのか？」

安永が聞いた。

「小学校のときから、ずっといじめられてました」

「かわいそうに」

ひとみが声をつまらせた。

「どうして、そんなにいじめられたの？」

山内が聞いた。

「いも虫みたいに、抵抗《ていこう》しないからさ」

「だから、自殺の電話をしたのは、川合君だと思ったのね？」

「彼以外に自殺しそうな者はいないと、ぼくも思いました」

北原が言った。

「早く捜し出さないと、ヤバイんじゃないかな？」

相原が言った。

「川合の家に行ってみます」

「おれたちも行く」

光太につづいて、相原が言った。

「結果をおれのアパートに電話してくれ」

北原の表情もきびしくなった。

「それじゃ行って見てきます」

英治と相原と光太が店を出ていった。

安永とひとみと弥生が残った。

「先生、相談ってなんですか？　ここではまずいですか？」

北原が言った。

「一学期になってからずっとですけれど、無言電話がかかってくるんです」

山内が思いつめたように言った。

「いつですか？」

「夜の八時になると決まってかかってきます。それから二時頃《ごろ》まで何回も」

「毎日ですか？」

「最初は、水曜と金曜日でした。いまは毎日です」

「思いあたる原因《げんいん》はありませんか？」

「ないことはないんですけれど……」

山内は言葉をにごした。

「話してもらえますか？」

「まちがっていたら迷惑になりますから、それはまだお話しできません」

それ以上聞いても話さないと思ったので、北原は質問を変えた。

「電話以外にも何かありますか？」

「夜おそく帰るとき、だれかにつけられている気がするんです。はじめは気のせいだと思いましたが、この間人影を見ました」

「どんな人物でした」

「シルエットしか見えませんでしたので、中肉中背《ちゅうにくちゅうぜい》の男としか説明できません」

「それ、何度かありましたか？」

「三度ほどありました。十メートルくらいの間隔《かんかく》でしばらくあとをつけられますが、それ以上は近づかず、いつの間にか消えてしまうのです」

「それは、ストーカーですね」

「私もそう思います。でもまさか私が被害者《ひがいしゃ》になるとは考えもしませんでした」

ストーカーの怖《こわ》さは、その動機が被害者への異常《いじょう》な関心にあることである。しかも、その行為《こうい》は反社会的で、連続、反復的に行われるので、被害者の恐怖《きょうふ》とダメージははかりしれない。

「今夜もかかってきますか？」

北原が言った。

「ええ、ですからそのことを考えると怖くて……」

山内の顔から血の気《け》が失《う》せた。

「それじゃ、うちにいらっしゃい。部屋はいくつもありますから」

ひとみが言った。

「彼女《かのじょ》の家は、『玉すだれ』という料亭《りょうてい》なんです。今夜は、そこに泊《と》めてもらったらいい」

北原が言った。

「ありがとう。でも……」

山内はためらった。

「遠慮《えんりょ》はいりません。そのうち菊地と相原が帰ってきたら、代わりにぼくらが先生のアパートに泊まります。電話がかかってきたらぼくらが出ます。そうすりゃストーカーも驚くでしょう」

安永が言った。

「それは、いい考えだわ。彼らならきっとうまくやります。先生、そうしてください」

ひとみがのった。

「そうね。そうさせていただこうかしら」

山内もその気になったようだ。

相原たちは、それから十五分ほどして戻ってきた。

「いない」

光太が指で×をつくった。

「いないというのは、家に帰ってないのか?」

北原は、胸《むな》さわぎがしてきた。

「川合のママに会ったんだけど、学校に行ったきり帰ってこないって。心配してた」

光太が言った。

「まずいことになったな。川合が行きそうなところはないか？」

「泊まりに行くような友だちはいないと思うぜ」

光太は弥生の顔を見た。

弥生も何も言わない。

――自殺。

まさかと思うものの、その言葉がこびりついて離れない。

しかし、どうしたらいいのかわからない。北原はパニックになりそうになった。

「だれかに電話して聞いてみろ」

北原は光太に言った。

「電話するやつなんていないよ」

光太が冷たく突《つ》き放した。

弥生が電話機のところに行って電話している。

何度か電話しているようだが、「あ、そう」と簡単《かんたん》に切ってしまう。

だめかなと思ったとき、

「川合君を見たの？」

と言う声が聞こえた。

北原は、いすをけって電話機まで走った。

「だれだ？」

「松下恵子さん、駅で見たって」

弥生が言った。

「ちょっと貸《か》せ」

北原は、弥生の手から受話器をひったくると、

「川合を見たのか？」

と聞いた。

「私が駅から出たとき、川合君が改札口から入っていった」

「一人か？」

「うん、一人」

「どんな様子だった？」

「とっても、さびしそうだった。川合君って声かけたんだけど、無視して行っちゃった」

「そうか」

北原は電話を切ると、

「いまから、川合の家へ行く」

と言って、店を出て行った。

Junko Hashiguchi

Ⅱ ストーカー

1

英治《えいじ》、相原《あいはら》、安永《やすなが》の三人は、山内《やまうち》のアパートに出かけた。

「1LDK《ワンエルディーケー》だから広くないけれど、どこでもいいからごろ寝《ね》して」

山内はそう言い残して、ひとみと一緒《いっしょ》にアパートを出ていった。

「しばらくぶりに、朝まで語り明かすか？」

相原が言った。

「そういえば、トスカーナ以来だな」

英治は、トスカーナの魔女《まじょ》の城《しろ》を思い出した。

あの戦いは、いまでは、夢の中の出来事みたいな気がする。

ルチアはどうしているんだろう？

日比野《ひびの》は、いまでもルチアのことが頭から離《はな》れないみたいだ。

高校を卒業してフィレンツェに行ったら、真っ先に城を訪《おとず》れて、ルチアに会うのだと言っている。

三人で雑談しているうちに、八時になった。

山内の話だと、第一回目の無言電話がかかる時間だ。

「もうそろそろだな」

英治の言葉を待っていたように、電話が鳴った。

英治は、すばやく受話器を取ると、

「『来々軒《らいらいけん》』です」

と言った。

「先輩《せんぱい》、悪いじょうだんは止《よ》してくださいよ。『来々軒』はうちですよ」

光太《こうた》が苦笑している。

「何か用か？」

「川合《かわい》から、ぼくのところに電話がありました」

光太の声がはずんでいる。

「そうか。どこにいるんだ？」

英治は、急に目の前が明るくなった。

「どこにいるか言いませんでしたが、一人で修学旅行をするのだと言いました」

「一人で修学旅行？　何のことだ？」

「川合は修学旅行には行きたいんだそうです。けれど、みんなからシカトされるから、自分一人で行くって言ってました」

「京都に行くのか？」

「どこに行くって言ってた？」

「京都かって聞いたら、京都には行かないって言いました」

「そんなことやめろと言わなかったのか？」

「どこに行くかわからないけれど、放っておいてくれと言いました」

「もちろん言いました。けれど、どうしても行くんだと、言うことを聞かないんです」

「明るい声だったか、それとも暗かったか。どっちだった？」

「どちらかといえば暗かったけれど、川合はいつもそうなんです」

「帰ってくると言ったか？」

「何も言いませんでした。公衆《こうしゅう》電話らしく、そこで切れちゃったから」

英治は、電話の内容を相原と安永に説明した。

「一人だけの修学旅行か……」

「かわいそうに」

相原と安永がつづいて言った。

「また電話がかかってきたら教えてくれ」

英治は、そう言って電話を切った。

「電話をかけてきたところを見ると、まだ死んではいないということか」

安永がほっとした声で言った。

「とりあえずはな。しかし、明日はわからない」

相原の表情はきびしい。

電話が鳴った。

「来たぞ」

英治は受話器を取って、

「毎度ありがとうございます。『来々軒』です」

と言った。

「『来々軒』？　それじゃ、光太君を出してください」

北原《きたはら》の声だ。

「あ、先生。菊地《きくち》です」

「なんだ、君たちはまだ『来々軒』にいるのか？」

「ちがいますよ。山内先生のアパートです。電話が鳴ったら、『来々軒』と言うことにしているんです」

「なんだ、そうか……。まちがえたのかと思って驚《おどろ》いたぞ」

「先生、川合から光太のところへ電話がありました。生きてます」

「生きてるか！」

北原の声がはずんだ。

「一人だけで修学旅行に出かけたそうです」

「一人だけで……？」

「ええ、みんなにシカトされるから一人で行くって」

「京都に行ったのか？」

「そうではないようです」

北原は黙《だま》ってしまった。

「帰ってくるでしょうか？」

「修学旅行に行ったのなら帰ってくるだろう」

北原の声に自信は感じられない。

――修学旅行ならば帰ってくる。

と自分に言い聞かせているにちがいない。

「どうしますか？」

「どこへ行ったのかわからないんじゃ、捜《さが》しようがない」

北原の困《こま》りはてている顔が目に見えるようだ。

「何かあったら電話します。連絡先《れんらくさき》を教えてください」

北原は、自分のアパートの電話番号を教えてくれた。

北原との電話を終えて、受話器を置くとすぐ電話が鳴った。

「はい、『来々軒』です」

英治が言ったとたん、電話が切れた。

「かかってきたぞ。ストーカー野郎《やろう》から」

英治は、胸《むね》がどきどきした。

また電話が鳴った。

「はい、『来々軒』です」

前よりも、威勢《いせい》のいい声で言った。

何も言わず電話は切れた。

「無言電話か？」

安永が聞いた。

「そうだ」

英治が答えたとたん、また電話が鳴った。

「忙《いそが》しいな」

英治は、受話器を取って『来々軒』だと言った。

「何よ、私よ。山内よ」

「あ、先生。無言電話かかってきましたよ」

「そう。『来々軒』って言ってるの?」

「そうです」

「おかしい」

山内は明るい声で笑い出した。

「川合から連絡がありました」

英治は、光太から聞いたこと、北原と電話で話し合ったことを山内に報告した。

「よかった、生きてて」

いかにも嬉《うれ》しそうな声だった。

「川合って、どんなやつですか?」

「私《わたし》は国語を教えているんだけれど、国語だけにのめりこんでいるみたい。いつも5だわ」

「そいつはすごい! ぼくは国語で5を取ったことは一度もなかった」

「じゃあ、何が得意だった?」

「さあ、どれも大したことないです。あえて言わせてもらえれば、いたずらは得意でした。これだけは5ですね」

英治が言うと、山内が笑い出した。

「川合君は松尾芭蕉《まつおばしょう》が好きで、奥《おく》の細道《ほそみち》を一度歩いてみたいって言ってたわ」

「そんなに勉強好きだったんですか？」

「古文に関しては、高校生の実力はあるわね。あの学年ではもちろんトップクラス。でもおとなしいから、みんなにいじめられるのね」

山内の話を聞いていると、無口で静かな秀才《しゅうさい》のイメージがほうふつとしてくる。

「とにかく、今夜はぼくらにまかせてください。何かあったら電話します」

英治は電話を切った。

すると、それを待っていたように電話が鳴った。

「『来々軒』です」

「君はだれだ？」

男の声だ。

「あなたはだれですか？」

英治は聞き返した。

「私は中学の大池《おおいけ》だ。山内先生に用事があるのだ」

「失礼しました。山内先生はここにいらっしゃいます」

英治は、『玉すだれ』の電話番号を大池に教えた。

「君は、どうしてそこにいるのだ？」

大池が聞いた。

「ストーカーをやっつけるためです」

「ストーカー？」

「山内先生が狙《ねら》われているんです」

「そ、そうか、それはご苦労さん」

大池は電話を切った。

「だれだ？」

相原が聞いた。

「中学の大池だって言ってた。山内先生に用事があるそうだ」

「大池なら教務主任《しゅにん》だ」

相原が言った。

「そうか、おれがいて驚いたろうな」

英治は急におかしくなった。

2

電話が鳴った。受話器を取って時計を見ると、朝の六時半だった。

寝たのは十二時半ごろだった。

大池の電話があって以来、一度も電話がなかったので、朝まで熟睡《じゅくすい》してしまったらしい。

「もしもし、山内です」

「あ、先生。おはようございます。菊地です」

「電話はどうだった？」

「大池先生の電話、そちらにありましたか？」

「ええ、あったわ」

「あれ以来、一度もなかったので、ぐっすり眠《ねむ》ってしまいました」

「どうして、電話がなかったのかしら？　このところ毎晩《まいばん》あったのに」

「きっと、ぼくらが泊《と》まったこと、感づいたんですよ」

英治は、口から出まかせに言ったのだが、山内は、

「そうかもしれないわ」

と考えこんでいるようだった。

「何か心当たりでもあるんですか？」

「いいえ」

山内は、慌《あわ》てて否定《ひてい》した。

「それでは、ぼくらはこれで帰ります。また何かあったら呼《よ》んでください」

「どうもありがとう」

英治は電話を切った。

「帰ろう」

三人は、山内のアパートを出た。


ぼくが、芭蕉の歩いた奥の細道をたどってみたいと思ったのは、一年も前のことである。

今日、学校で小川《おがわ》先生から、おまえが自殺の電話をしたのではないかと言われた。そのあと三原《みはら》に呼ばれた。

あのとき朝丘《あさおか》が助けてくれなかったら、やつにボコボコにされるところだった。

校門を出て、これからどこに行こうかと思ったとき、突然《とつぜん》、奥の細道を歩いてみようと思った。

家に帰って貯金箱をあけると、お金が十二万円あった。これだけあれば十分だ。

芭蕉が江戸《えど》を旅立ったのは、弥生《やよい》も末の七日、陰暦《いんれき》の三月二十七日だから、陽暦《ようれき》に換算《かんさん》すると五月十六日である。

「前途《ぜんと》三千里《り》のおもひ胸にふさがりて、幻《まぼろし》のちまたに離別《りべつ》の泪《なみだ》をそゝぐ
　行く春や鳥啼《な》き魚《うお》の目は泪」

と芭蕉は書いている。けれど、ぼくはそれほど感傷的《かんしょうてき》ではない。

駅で松下恵子《まつしたけいこ》に会ったけれど、何も言わなかった。

芭蕉は日光《にっこう》から那須《なす》に行っている。ぼくは日光は見たくないから那須に行こうと思った。

そこには殺生石《せっしょうせき》があり、芭蕉はこう記している。

「野をよこに馬ひきむけよほとゝぎす
殺生石は、温泉《いでゆ》の出《いづ》る山陰《やまかげ》にあり。石の毒気いまだほろびず。蜂《はち》、蝶《てふ》のたぐひ、真砂《まさご》の色の見えぬほど、かさなり死す」

那須に行くには東北本線に乗らなくてはならない。ぼくはお金と「奥の細道」の文庫本を持って上野《うえの》駅に行き、十四時四十五分の電車に乗った。これだと十七時十分に黒磯《くろいそ》に着く。

ここからはバスで行けばいいのだ。

芭蕉が那須湯本《なすゆもと》に着いたのは四月十八日。二十一日もかかったけれど、この電車だと二時間半で着いてしまう。

上野を出て、池袋《いけぶくろ》、赤羽《あかばね》、浦和《うらわ》、大宮《おおみや》と電車が停まるたびに、中学生らしい男女が乗ったり降《お》りたりする。

彼《かれ》らは、これから家に帰るのか。しかし、ぼくはおまえたちとはちがう。これから芭蕉みたいにみちのくを旅するのだ。

そう思うと、なんとなく自分がみんなよりえらくなった気がしてきた。

けれど、黙《だま》って出てきてしまったから、父さんと母さんは心配するかもしれない。

もしかしたら、自殺するかも……なんて。みんなそう思うらしいけど、ぼくは、自殺なんかしないよ。

本当は、死ぬ前に奥の細道を歩こうという気持ちもあった。

ぼくが、奥の細道を旅するってこと、朝丘だけには言っておこう。あいつなら、きっとだれにも言わないと思うから。

そう思ったぼくは、黒磯駅に着いたとき、朝丘に電話した。

「ぼく、一人だけの修学旅行をしようと思うんだ」

「どこへ行くんだ？」

「奥の細道。君にだけ言うんだから、だれにも話さないでくれよ」

「わかった」

ぼくは朝丘への電話を切ると、橋口《はしぐち》にも電話した。ぼくが死んだと思って、騒《さわ》いだりするといけないからだ。

無事だということだけ言っておいた。

黒磯からバスで那須温泉まで行った。

噴煙《ふんえん》を上げているのは、那須連山の主峰茶臼岳《しゅほうちゃうすだけ》だと、隣《となり》の人が教えてくれた。

長い松並木《まつなみき》を通り抜《ぬ》けると、道の両側はナラの林だった。息をのむようにすばらしい緑だ。

三十分と少しバスに乗って、那須温泉に着いた。道の両側に古びた宿屋が並んでいる。その一つに入っていって、

「今夜、泊めてもらいたいんだけど」

と言うと、「一人？」と聞かれた。

「そう」

「中学生？」

「中学三年」

「では、どうぞ」

ということで、宿屋は決まった。

ぼくは、宿屋へリュックを置いて、殺生石のある川原へ向かった。道路に沿《そ》って流れている湯川を渡《わた》ると、賽《さい》の河原《かわら》がある。

そこは溶岩《ようがん》がごろごろしていて、硫黄《いおう》のにおいが漂《ただよ》っている。

あたりはそろそろ薄暗《うすぐら》くなってきたので、不気味な雰囲気《ふんいき》だ。夜だったらとても来れない。

河原をしばらく歩くと、千体地蔵《せんたいじぞう》がある。

お地蔵さまが千体あるというのだろうか？

そんなにあるとは思えないが、たくさん並んでいる風景は気持ちのいいものではない。

ぼくも死ねば、このお地蔵さまの一つになるのかもしれない。

そこから、さらに奥へ進むと殺生石があった。かなり大きい溶岩である。

殺生石には伝説がある。

インドでは千人の王の首を取り、中国では妲妃《だっき》となって国を滅《めっ》した金毛九尾《こんもうきゅうび》の妖怪狐《ようかいぎつね》が日本に渡来し、玉藻前《たまものまえ》という名の美女となって、鳥羽院《とばいん》を悩《なや》ました。陰陽師《おんみょうじ》安倍泰成《あべのやすなり》に見破《みやぶ》られ、那須の原に逃《に》げた。間もなく追手に退治されたが、その怨念《おんねん》は大きな石と化し、毒気を放って近寄る者を殺した。人々はこれを「殺生石」と呼んで恐《おそ》れていた。

のちに玄翁和尚《げんのうおしょう》が石を打《う》ち砕《くだ》き、たたりを止めた。

殺生石に、そんなたたりがあるとは思えない。

殺生石の横に「石の香《か》や夏草赤く露《つゆ》あつし」と刻《きざ》んだ芭蕉の句碑《くひ》が立っていた。が、字はもちろん読めない。

あたりは、みる間に暗くなって、人影《ひとかげ》もなくなった。

ぼくは急いで、殺生石をあとにして宿にもどった。

こうして、ぼくの奥の細道の一日目は終わった。

何も考えずに東京を飛び出してしまったが、後悔《こうかい》はしていない。

3

「ちょっと校長室に来てください」

学年主任の小川に言われて、北原は校長室に入った。

そこには、校長の新田《にった》、教頭の古屋《ふるや》、教務主任の大池がいた。

「大池先生から聞きましたが、川合という生徒が失踪《しっそう》したそうですね？」

古屋が言った。

「はい、きのうの昼すぎに学校を抜け出して、そのまま家へは帰っていません」

「そんな他人事《ひとごと》みたいなことを言っては困りますな、川合は先生のクラスの生徒でしょう？」

大池がからみつくように言った。

大池は、北原に対して前から好意は持っていなかったが、最近では憎悪《ぞうお》に似た悪意を感じる。

なぜ、こんなに大池に嫌《きら》われるのか、北原にもわからない。

「それで、どういう処置《しょち》を取りましたか？」

古屋は、大池ほど感情的ではない。

「川合の家を訪問して両親に会いました。両親とも、川合が家出する理由は考えられないと言っていました」

「両親は、学校に対して何か言いませんでしたか？」

「いいえ、ご迷惑《めいわく》をかけてすみませんとしか言いませんでした」

北原は、両親の顔を思い出した。

二人とも、もの静かで感情を表にあらわさない人たちだった。

ふつう、母親は狼狽《ろうばい》するものだが、さほど取《と》り乱《みだ》してもいなかった。

「その生徒は、自殺するために家出したんじゃないでしょうね？」

新田が不安そうに言った。

「現在のところ、それはないと思います」

「どうして、そんなことがわかるんですか？　無責任なことを言っちゃ困りますよ」

大池が言った。

「いなくなった川合から、生徒のところに電話があったのです。自分は一人で修学旅行をやるから心配するなって」

「なんだ、それを早く言ってくれなくちゃ」

大池は、明らかに不快そうな表情になった。

「そういえば、修学旅行をやめなければ自殺するという電話は、どうなりました？」

新田が、思い出したように言った。

「まだ、だれが電話したかわかりません。川合ではないかと問いただしてみたのですが、彼は否定しました」

小川が言った。

「家出したのは、その直後ですか？」

古屋が聞いた。

「小川先生に聞かれたあと、川合は教室に戻《もど》ると、おまえが電話したのだろうと生徒にリンチを受けそうになったそうです。それで逃げたようです」

北原が、そのときの状況《じょうきょう》を説明した。

「それじゃ、川合が電話したという疑《うたが》いは晴れないじゃないですか」

大池が言った。

「ええ、完全には晴れていません」

「それなら、川合が自殺することも否定できないでしょう？」

「はい」

北原の声が小さくなった。

「では、最悪の状況を想定して、対策《たいさく》を考えておきましょう」

新田が言った。

「もし川合が自殺したら、マスコミは魔女狩《まじょが》りの犠牲《ぎせい》になったと書き立てるでしょう。そうなってはまずい」

古屋が言った。

「私は、魔女狩りをやったおぼえはありません、ただ、事情を聞いただけです。しかもその際、暴力をふるうとか、そういうことは一切していません。それは先生方もご存じのはずです」

小川が、顔をこわばらせて言った。

「小川先生のされたことは、学年主任として当然の措置《そち》です。このことに関しては、だれからも非難《ひなん》を受けるいわれはありません。もし、それでも魔女狩りと言われるなら、学校として断固《だんこ》反論《はんろん》すべきだと思います」

古屋が強い調子で言った。

「私も、古屋先生のおっしゃったことに同感です。修学旅行をやめなければ自殺するなんて電話をかけてくること自体、とんでもないことです。この犯人《はんにん》を捜し出さなければ、修学旅行を中止するか、それとも、びくびくしながらやるということになります。こんなことは許《ゆる》されるべきではありません」

大池も、古屋に負けず強い調子になった。

「先生方のおっしゃるとおりです。もともとは自殺の電話が原因《げんいん》です。もう一度お尋《たず》ねしますが、川合はシロですか？　北原先生」

新田が言った。

「シロだと思います」

「川合がシロなら、ほかにだれかいるはずです。心当たりはありますか？」

古屋が聞いた。

「ありません」

「いつも、そういうふうに他人事みたいに言う。先生は当事者ですよ。無責任だと思いませんかか？」

北原は、反論してもむだだと思って、黙ってしまった。

「このまま放置しておいたら、保護者が騒ぎだしますよ。まして、川合がいなくなったいまとなっては」

大池が言った。

「川合は病気だということにできませんか？」

新田が言った。

「もう生徒たちはみんな知ってます。こういうことはすぐに伝わりますから。隠《かく》したら、かえっておかしなことになります」

小川が言った。

「そうですか。すると学校は、ポーズだけでも何か手を打たなくてはなりませんな」

新田は、四人の顔を見まわした。しかし、だれも沈黙《ちんもく》したままだ。

「北原先生、何かありませんか？」

大池がうながした。

「さしあたってできることは、言うことを聞かなければ自殺するというような、卑《ひ》きょうな行為《こうい》はやめろと説得するしかありません」

「そんな生ぬるいやり方で、言うことを聞きますか？」

「しかし、ほかに手がありません」

「それは開き直りというものです。それではお聞きしますが、もし先生のクラスから自殺者が出た場合、自分はやるだけのことはやったと、胸を張って言えますか？」

大池はますますエスカレートしてきた。

「そういうことはないと思います」

北原は、小さい声で答えた。

「それは希望的観測でしょう？」

「はい」

北原は、あえてさからわないことにした。

「もし自殺者が出たら、先生の辞職だけではすまない。校長先生の首だって、飛ぶかもしれないんですよ」

小川まで、かさにかかって攻《せ》め立《た》てる。

首と聞いたとたん、新田は、あからさまにいやな顔をした。

「とにかく、職員全員で自殺電話の犯人捜しをする。現在のところ、これしかありません」

古屋が結論を言って、北原は、やっと校長室から解放された。

「どうでした？」

職員室にもどると、隣の席の山内が小声で聞いた。

「卑きょうなまねはしないよう、生徒たちと話し合おうと言ったらやられました」

「どうして?」

山内は北原の顔を見た。

「やり方が生ぬるいって」

「それじゃ、どうしろというんですか?」

「何がなんでも犯人捜しをしろ、ということになりました」

「魔女狩りですね。第二の川合君があらわれてもいいんですか?」

「とにかく、自殺者を出すなの一点張りです」

「どうかしてるわ」

山内は、怒《いか》りのためか頬《ほお》が紅潮《こうちょう》した。

「きのう、無言電話はどうでした?」

「それが……」

山内は、きのうのことを北原に話した。

「そうですか、電話はなかったんですか。それじゃ、あいつたちがっかりしたでしょう?」

「拍子抜《ひょうしぬ》けしたみたいですわ」

「しかし、おかしいな。ストーカーは三人が泊まったことに気づいたのかな?」

北原は、首をかしげた。

「それは気づくでしょう。『来々軒』とやったんですから」

「そうか、それはそうだ」

北原は、急におかしくなった。

4

「朝丘、きのうはありがとう」

光太は、教室に入ってきた朝丘に言った。

「別に……」

朝丘は、何のことだという顔をしている。

「あれからどうなった?」

「三原か? 自分ですっ飛んでって、塀《へい》に頭ぶつけた」

「けがしたのか?」

「すっげえこぶができた。恥《は》ずかしいから今日休んだんだろう」

そういえば、三原の姿《すがた》がない。

「川合は、あれから旅に出た」

「どこへ行ったんだ?」

「わかんない。言わなかったから。だけど、生きてることはたしかだ」

「そうか、よかったな」

「おまえんとこには電話してこなかったか？」

「うん」

「あいつ、どうして助けてくれた恩人《おんじん》に電話しねえんだ？」

光太は、少しむかついた。

「いいってことよ。気にすんな」

「おまえ、腹立《はら》たねえか？」

「別に」

「おまえって、変わってるな」

「そうか」

朝丘は、ぼんやり窓《まど》の外を見ている。

「おまえ、どうしていつも空ばかり見てるんだ？」

「それはだな、おれは宇宙《うちゅう》からやって来たエイリアンだからよ」

朝丘の言葉を聞いたとたん、光太は、体がびくっと動いた。

——もしかしたら？

「おまえ、本気にしてるのか？」

朝丘が笑い出した。

「一瞬《いっしゅん》な。でもちがうよな？」

「わかんねえぞ」

朝丘の、こんなに楽しそうな顔を見るのははじめてだった。

「おまえ、、三組の山内先生がストーカーに悩《なや》まされてるって知ってるか」

「へえ。山内先生、美人だからな」

朝丘は、大して関心のなさそうな顔をしている。

「おれたちの先輩で、大暴れした人たちのこと、キタさんから聞いたことあるだろう？」

「うん、廃工場に立てこもった人たちのことだろう？」

「その人たちが、きのううちの店にやってきたんだ」

「いいなあ。おれも会いたかった。呼んでくれればよかったのに」

朝丘がこんなことを言うのは珍《めずら》しい。

「その先輩たち、やってきたのは三人だけど、ストーカー退治に出かけたんだ」

「やっつけたのか？」

朝丘の目が光った。

「ストーカーがあらわれなかったんだって」

「なあんだ。気を持たせるなよ」

二人が話しているところへ町田《まちだ》がやってきた。

「朝丘、きのうはおれの舎弟《しゃてい》をかわいがってくれたそうだな。オトシマエはつけさせてもらうぜ」

斜《しゃ》にかまえて、すごんで見せた。

「とんでもない。おれはなんにもしないよ。ただよけただけだ」

「言いわけは聞きたくねえ。今日の午後五時、神明社《しんめいしゃ》に来い」

「今日はまずい。明日にしてくれないか？」

「それじゃ、明日の午後四時だ。フケルなよ」

「逃げやしないよ。必ず行く。おまえ一人か？」

「もちろんだ。タイマンでやろうぜ」

町田はそれだけ言い残して行ってしまった。

「大丈夫《だいじょうぶ》か？　あいつけんかは強いぜ」

光太は心配になって聞いた。

「大丈夫。けんかはここでやるんだ」

朝丘は、頭を指さしてにやっと笑った。

それがいかにも自信ありげなので、光太はあらためて朝丘を見直した。

「なんで、今日でなくて明日なんだ？　今日はぐあいが悪いのか？」

「明日までに仕掛《しか》けを作っておくんだよ。見にこいよ。町田がどんなことになるか……」

「行く、行く。どんな仕掛けなんだ？」

「それは、見てのお楽しみさ」

朝丘は、明日のタイマンを楽しんでいる。

これも光太にはとても考えられないことだった。

「今夜、うちに来ないか？　先輩たちも来ると思うから。おまえのことは先輩にも話してあるんだ。七時過ぎがいいな」

「そうか。じゃあ行く。ラーメン食わしてくれよ」

「もちろんさ」


その夜、七時少し前に、朝丘は『来々軒』にやってきた。

「半チャン・ラーメンにしろよ」

光太が言うと朝丘は、

「なんでもいいから、早く食わしてくれよ。腹ぺこなんだ」

と元気のない声で言った。

純子《じゅんこ》が水を持ってやってくると、

「きみが朝丘君？」

と聞いた。

「はい、そうです」

「朝丘君のこと、光太から聞いてるわよ」

「そうですか」

光太が、ラーメンとチャーハンをトレイにのせて運んできた。

「さあ、食え。お代わりしてもいいぞ」

朝丘は、ラーメンの汁《しる》を一口すすって、

「うまい！」

と言った。

それからは食べることに夢中になった。

英治と相原、それに安永と久美子《くみこ》、弥生《やよい》が入ってきた。

「おい、先輩だ」

光太が言うと、朝丘は、はしを置いていすから立ち上がった。

「朝丘です」

朝丘が自己紹介《じこしょうかい》すると、光太が英治から順に紹介した。

「食えよ。ラーメンがのびちゃうぞ」

英治はそう言うと、別のテーブルに四人で向かい合ってすわった。

「キタさんと山内先生も来るって。さっき電話があったわ」

純子が言った。

「それじゃ、個室のほうがいいね」

と暁子《あきこ》が言って、四人を個室に案内した。

「ゆっくり、たっぷり食ってこいよ」

英治は、朝丘の肩《かた》をたたいて言った。

半チャン・ラーメンをお代わりして食べ終わると、店に入ってくる北原と山内に会った。

「こんばんは」

朝丘があいさつすると、北原は、

「君が来ていたのはちょうどよかった」

と言った。

光太が個室へ三人を案内して、

「半チャン・ラーメンでいいですね？」

と言った。

「個室で半チャン・ラーメンは悪いな。しかし、うまいからそれにしよう」

山内も半チャン・ラーメンを注文した。

個室では、英治、相原、久美子が、もう半チャン・ラーメンを食べはじめている。

ひとみが、「こんばんは」と派手《はで》な声を出して店に入ってきた。

「みんなおそろいね」

ひとみは、久美子の隣にすわった。

「きのうは、どうもありがとう」

山内が、ひとみにお礼を言った。

「どういたしまして。私、あとで考えたんだけれど、先生がはるばあちゃんの銀鈴荘《ぎんれいそう》に行って、先生のアパートに、はるばあちゃんに来てもらったらどうかしら？」

「はるばあちゃんって、だれ？」

山内が聞いた。

「イタリアの魔女をやっつけた、日本のスーパー魔女です」

英治が、はるのことを、いかにも誇《ほこ》らしげに説明した。

「へえ、そんなおばあちゃんがいるの？」

山内も心を動かされたようだ。

「先生が銀鈴荘に行くことはないわよ。おばあちゃんに泊まりに来てもらったら。あのおばあちゃんがいたら、どんなストーカーだってボコボコよ」

久美子が言った。

「そのおばあさん、魔術《まじゅつ》を使うのか？」

北原が聞いた。

「ええ、おばあちゃんにひとにらみされたら、ストーカーは、体がしびれて動けなくなるでしょう」

英治は、そこまで言うと、ぽんと膝《ひざ》をたたいて、

「先生、今度ストーカーが何か言ってきたら、アパートに来いと言ってください」

と言った。

「そんなことしたら、危険《きけん》だわ」

山内は眉《まゆ》をひそめた。

「大丈夫です。アパートにはおばあちゃんにいてもらうんです。ストーカー野郎は先生が呼んだと思って、いそいそとやってくる。すると、そこにはおばあちゃんがいる。あとは……」

みんながいっせいに手をたたいて、

「それでいこうぜ」

と歓声《かんせい》をあげた。

「君らは、中学生時代とまったく変わっていないな。光太、おまえたちも、先輩たちみたいに元気を出せ」

北原に言われた光太は、

「そんなこととやろうって言ったって、だれものってこないよ」

とやけっぱちな声で言った。

「おれはのるぜ。やろう」

朝丘が出した手を、光太はしっかりとにぎりしめた。

「ほかにも仲間をつくれ。だれかいるだろう？」

英治が言った。

「弥生と恵子は仲間になる。あと男だ」

朝丘が言った。

「だれか捜せ。いるだろう？」

安永が弥生に言った。

「どいつもこいつも弱虫なんだから、ヤバイことはごめんって連中ばかり」

弥生が言うと光太が、

「なんとか捜します」

と言った。しかし自信のある顔ではない。

「山内先生、ストーカーがだれかってことはわかっているんでしょう？」

相原が決めつけるように言った。

「ええ、わかってるわ。でも名前は言えないわ」

山内は、固い表情になった。

「それは学校の先生ですね？」

「ノーコメント」

「ぼくにはわかっているんです。名前を言いましょうか？」

「どうしてわかるの？」

「きのうわかったんです。なぜ、無言電話がかかってこないのか。それを考えていたら……」

「おれにはわからない」

英治が首をひねった。

「先生が、アパートにいないということを教えたのはおまえじゃないか？」

「え、おれが？」

英治は、あっけにとられている。

「おれが電話に出たのは大池だ。だから教えたんだ。まさか……」

「そうだよ、そいつがストーカーだ。だからそれきり電話をしてこなかったのさ。そうでしょう？」

相原は、山内の顔を凝視《ぎょうし》した。

「そう、そのとおりだわ」

山内は、頬をこわばらせてうなずいた。

5

「そうか、大池か。そうとわかれば打つ手はあるぞ」

朝丘の目が輝《かがや》くのを見て、彼《かれ》だけは、ほかの連中とちがう、と英治は思った。

「大池がストーカーだって？　知らなかった。信じられない」

北原は、目もうつろである。

「もう一年くらいたつわ。君が好きだって言われたの」

山内が言った。

「大池には、奥《おく》さんも子供もいるじゃないか？」

「妻《つま》とは別れるから、結婚《けっこん》してくれって言ったのよ」

「そんなばかな」

「私もそう言ったわ。でも彼は、真剣《しんけん》だと迫《せま》るの。それを拒否《きょひ》したら、毎晩電話がかかってくるようになったわ」

山内は、電話に出ないようにした。すると無言電話がはじまった。

夜おそく帰るとき、だれかにつけられるようにもなった。

「学校では、大池によく文句言われてたじゃないですか？　大池は、先生のことを嫌いだと思っていました」

北原が言った。

「みんなに気づかれないよう、わざとそういうポーズをとるのだと言っていました」

「やなやつ。それで先生か？」

光太が吐《は》き捨《す》てるように言った。

「早く相談してくれればよかったのに」

北原が悔《くや》しそうに唇《くちびる》をかんだ。

「そう思ったんだけれど、相談すれば北原先生に迷惑《めいわく》をかけると思ったから、がまんしてたんです。でも、どうにもがまんできなくなって……」

「おれ、大池には何度もなぐられてる。よし、たっぷりおかえしをしてやるぜ。胸がわくわくしてきた」

朝丘は拳《こぶし》を固めた。

「だめよ、あなたたちは手出ししちゃ」

山内がたしなめた。

「おれたちも手伝うから、そういう悪い先公は、たっぷりかわいがってやろうぜ。久《ひさ》しぶりに熱くなってきた」

安永はすっかりその気だ。

中学生時代とちっとも変わっていない。

「大池は、なんでぼくに意地悪なんだろうと思っていたが、これで読めたぞ」

北原が言った。

「私たち、悪い先公はよくやっつけたね」

久美子が懐《なつか》しそうに言った。

「そういうときになると、みんな張り切っちゃって」

ひとみが言った。

「女も?」

光太が聞いた。

「そうよ。私なんか何発けりをお見舞《みま》いしたかしれないわ」

久美子の表情が生き生きとしてきた。

「久美子のけりは、超《ちょう》一級だからね」

ひとみが笑った。

「みんな、すげえんだな」

光太が、半分呆《あき》れながら感心している。

「そうよ。私たちのやり方はハンパじゃなかったわ。あなたたちもやりなさい」

純子が光太を挑発《ちょうはつ》した。

「うん、やる」

光太の返事を聞いていると、なんとなく頼《たよ》りない。

「とりあえず、明日の晩からおばあちゃんに泊まりに行ってもらいます。いいですね？」

ひとみが念を押《お》した。

「それはぜひおねがいしたいけれど、勝手に決めちゃっていいの？」

山内が心配そうに言った。

「おばあちゃん退屈《たいくつ》してるから、そんな話聞かせたら、すぐのってきます。心配ご無用です」

「そう、それなら安心したわ」

山内の表情が明るくなった。

「先生、明日大池を家に呼ぶといいです。食事を差し上げたいとか言って」

英治は、突然頭が回転しだした。

「そんなこと言ったら、舞《ま》い上《あ》がっちゃうわ」

「大池がいそいそとアパートにやって来たら、田舎《いなか》から母が出て来たって言って、田舎の名物を食べさせるんです」

「名物って何？」

「それは秘密《ひみつ》」

「楽しみにしてください。菊地は、こういうことになると、アイディアが湯水のように湧《わ》いてくるんです」

相原が言った。

「すげえ！　ぼく尊敬《そんけい》しちゃうよ」

光太に言われて、英治は、思わず噴《ふ》き出してしまった。

「川合のことだけれど、いまごろどうしてるかな？」

北原の表情が急に暗くなった。

「川合のことなら、心配いらないよ」

朝丘が言った。

「本当か？」

「あいつ、弱そうに見えるけど、他人《ひと》が思うよりタフだぜ。きっと一人で奥の細道でも旅してるんじゃないかな。そんな気がする」

「奥の細道？　そういえば川合君、芭蕉みたいに奥の細道を歩いてみたいって言ってたわ」

「じゃあ、きっとそうだよ」

「おれは、朝丘ほど楽観的にはなれん。もしもということがあるからな」

北原の表情は、あいかわらず冴《さ》えない。

「でも、川合が電話したんじゃないとすると、だれってことになりますか？」

英治が聞いた。

「それがわからないんだ。校長や教頭からは犯人捜しを急《せ》かされているが、自殺しそうな生徒なんていないし、お手上げというところだ」

「私のクラスもそう」

山内が北原につづいて言った。

「見つからなかったら、修学旅行をやめるんですか、やるんですか？」

相原が聞いた。

「おそらくやるということになるだろう」

「もし、もう一度電話があったら、どうします？」

「さあ、そうなったときは困る。校長の判断《はんだん》にまかせるしかないだろう」

「校長は困りますね？」

「それを教頭は待っているのよ」

山内が言った。

「校長と教頭は仲が悪いんですか？」

「ええ、ああいうのを犬猿《けんえん》の仲っていうのかしら。陰《かげ》にまわると、教頭は校長の悪口ばかり」

「それじゃ、今度の修学旅行がうまくいかなかったら、教頭の思うつぼじゃないですか？」

「教頭は、ひそかにそれを願っているんじゃない？」

「そこまで二人の仲が悪いとは知りませんでした」

北原が驚いたように言った。

「先生は中立だから、どちらからも声がかからなかったんでしょう」

「そういう先生は、出世できないと相場は決まってるんだ」

安永が言った。

「君の言うとおりだ。おれは出世とは縁《えん》がない」

北原は淡々《たんたん》としている。

「でも、クビになることはないからいいじゃん」

英治が言うと、北原は苦笑した。

「大池はどっち派《は》ですか？」

久美子が、山内に聞いた。

「教頭派よ」

「学年主任の小川は？」

「これも教頭派」

「それじゃ、校長派はいないじゃないですか？」

英治が聞いた。

「体育の土井一馬《どいかずま》がいるわ。彼は校長の番犬。校長のためなら命を投げ出してもいいと公言してるわ」

「まるでヤクザみたいだな」

「そう。彼は自分のことを侠客《きょうかく》だと思ってる。時代錯誤《さくご》もいいとこ」

山内は苦笑した。

「だけど、そいつは、教頭派にとって邪魔《じゃま》な存在《そんざい》ですね?」

「そうね。でも彼を寝返らせることは無理だと思うわ」

「先生は、なかなかの情報通《つう》ですね。ぼくは何も知りませんでした」

北原が感心している。

「みんな大池から聞いたんです。女だと思って油断《ゆだん》してしゃべったんでしょう」

そういうこともあるかもしれない、と英治は思った。

「ぼくは、これで失礼させてもらいます」

突然、朝丘が言って立ち上がった。

「もう帰るのか?」

光太が聞くと、

「明日の準備だ」

と言って帰っていった。

「明日の準備って何だ?」

北原が聞いた。

「明日、町田に呼び出されて、タイマンで勝負するんです」

光太が言った。

「けんかするの？　どうして？」

山内が聞いた。

「川合を逃がしたことを根に持っているんです」

「大丈夫？　町田君ってけんか強いんでしょう？」

山内は頬をこわばらせた。

「ぼくに見に来いって言うくらいだから、大丈夫ですよ」

「そう。でも心配だわ」

「あいつなら大丈夫です」

安永が保証《ほしょう》すると、そのとおりだと思えてくるから不思議だ。

6

翌朝《よくあさ》、光太は学校へ行く途中《とちゅう》で朝丘に会った。

「準備はできたか？」

光太は、朝丘に聞いてみた。

「うん、できた」

朝丘は、軽くうなずいた。

「自信あるか？」

「当たりまえだ。それより仲間を集めようぜ。そういうことは、おれよりおまえのほうが得意だ」

「そうかもな」

光太は、最初にだれに声をかけようかと思った。

しかし、これといったやつは浮《う》かんでこない。

教室に入ると町田が来ていたが、朝丘のほうを見ようともしなかった。

片山《かたやま》が杉本《すぎもと》とテレビゲームの話をしている。光太は、片山に話してみようと思って、二人の話が終わるのを待った。

間もなく、片山は自分の席に戻《もど》ってきた。

「片山、毎日楽しいか？」

「なんで、急にそんなこと聞くんだ？」

片山は、けげんそうに光太の顔を見た。

「面白いことやらねえか？」

「面白いことって何だ？」

「仲間をつくって、いたずらやるのさ」

「だれにいたずらやるんだ？」

「先公とかおとなに」

「そんなのヤバイじゃんか」

「ヤバイから面白いんじゃねえか」

「そうかなあ。先公にいたずらしたのがばれて、内申書が悪くなったら、それこそヤバイことになるぜ」

光太は、片山を口説《くど》くのは無理だなと思えてきた。

「まあ、いいや」

「おれたちはいま三年なんだ。ヤバイことはやめとけよ」

「そうだな」

光太は、それ以上話すのはやめた。

「夏休みに、一緒《いっしょ》に塾《じゅく》へ行くっていうなら、つき合ってもいいぜ」

「夏休みは遊ぶんだ」

「そんなことしてると、十五の春を泣くことになるぜ」

「わかった、わかった」

光太は、それから二、三人に当たってみたが、だれものってくる者はいなかった。

いたずらなんかして、何が面白いと言われると、反論のしようがなかった。

「どいつも、こいつもだめだ。どうする？」

昼の弁当を食べながら、朝丘にぼやいた。

「みんな、来年の高校入試がこわくて、何もやれねえんだろう？」

「そうなんだ。いま遊んでるやつは、来年泣きを見るって、先公と同じことを言うんだからまいっちゃうよ」

「よし、おれに考えがある」

朝丘は、何度もうなずいた。

町田がやってきて、

「フケルなよ」

と言った。

「おまえこそフケルな」

朝丘は、堂々と言い返した。

その日、光太は二人のけんかのことが気になって、授業は上《うわ》の空《そら》だった。

午後四時、朝丘は神明社に出かけた。

光太は、武蔵《むさし》と小次郎《こじろう》の巌流島《がんりゅうじま》の決闘《けっとう》を見に行くような気持ちだった。

見えないところで見物しろと朝丘に言われたので、光太は樹陰《じゅいん》に隠れて見ることにした。

神明社は、ちっぽけな神社で、境内《けいだい》も狭《せま》い。まわりは森になっているが、それも木が少なくなって、森とは名ばかりである。

一応石の鳥居《とりい》があるが、それも苔《こけ》むして、いまにも倒《たお》れそうに見える。

朝丘が鳥居をくぐって境内に入ると、社《やしろ》の前に町田が立っていた。

「遅《おそ》いぞ」

町田が、小次郎と同じせりふを言ったのでおかしくなった。

「ステゴロだ。おれは何も持っちゃいねえ」

町田は、両手をひろげて見せた。

「おれもだ」

二人の間合いが見る間にせばまる。

光太は、心臓《しんぞう》が破《やぶ》れるかと思うほど動悸《どうき》がしてきた。

先に手を出したのは町田だった。

ストレートを朝丘の顔面に突《つ》き出《だ》したが、朝丘は、その手を払《はら》いのけた。

ストレートは空《くう》を切って、町田の体がよろけた。

朝丘は、すかさず町田の頭を両手でつかむと、顔面に頭突《ずつ》きをかませた。

町田の鼻から血が流れ出した。

町田は、朝丘と組み合って投げようとする。二人同体で地面に倒《たお》れた。

そのあとは、上になったり下になったりしながら、二人は地面をころげまわった。

汗《あせ》と土と鼻血で、二人の顔も服も区別がつかないほど、めちゃめちゃになってしまった。

死闘《しとう》は十五分くらいつづき、次第に動きが鈍《にぶ》くなって、ついに二人とものびてしまった。

そのまま、死んでしまったように動かない。

やっと朝丘が顔を上げた。

つづいて町田も顔を上げた。

二人は、顔を見合わせて、にやっと笑った。

二人とも、のろのろと立ち上がると、社務所《しゃむしょ》の脇《わき》まで行き、手洗《てあら》いの蛇口《じゃぐち》をひねって、顔を洗った。

「おめえ、やるじゃんか」

町田の目はふさがっている。

「おまえだって」

朝丘の顔もはれあがっている。

「おめえみてえなやつははじめてだ」

「町田、おれと組まねえか?」

朝丘は、手拭《てぬぐ》いで顔を拭《ふ》きながら言った。

「組んで何すんだ?」

町田が聞いた。

「先公をやっつけるんだ」

「いいだろう。のった」

朝丘が出した手を、町田がにぎった。

「光太、来い！」

朝丘がどなった。

光太は樹陰から姿をあらわした。

「仲間ができたぞ」

光太は、町田のそばまで行って手をにぎった。

「ほかにもいるのか？」

町田が聞いた。

「仲間になれって言うんだけど、だれものってこないんだ」

光太が言った。

「そりゃそうだろう。まともなやつはのらねえよ。みんないい子ちゃんだから。三原ならのる」

「頼《たの》んでくれるか？」

「いいよ。もうそろそろ来るころだ」

町田が言ったとき、鳥居をくぐる三原が見えた。

「三原、来い！」

町田がどなると、三原はこちらに走ってきた。

「けんかはどうした？」

三原が言った。

「終わった。引き分けだ」

「そうか」

三原は、ちょっと不満そうだった。

「朝丘と橋口と仲間になった。おまえも入れ」

町田が言った。

「仲間って、何やるんだ？」

「先公をやっつけるのさ」

「それなら、入ってもいい」

三原は、簡単《かんたん》に承諾《しょうだく》した。

「最初、だれをやる？」

三原が聞いた。

「教務主任の大池だ」

「大池なら、こっちも貸《か》しがある。たっぷりやらせてもらうぜ」

「おれたちは、先公をフクロにするんじゃねえ。そんなことしたら、あとで報復《ほうふく》される。そんなどじはやらねえ」

朝丘が言った。

「それじゃ、どうやるんだ？」

三原が聞いた。

「おれたちがやったこと、ばれないようにやるんだ」

「そんなことできるのか？」

三原が聞いた。

「大丈夫だ」

「大池の次はだれだ？」

「小川だ」

「あいつも許せねえ。その次は体育の土井にしようぜ」

「土井はやらねえ」

「どうして？」

三原は、不満そうに口をとがらせた。

「土井は、ほっといても、古屋か大池がやる」

「なんで、そんなことがわかるんだ？」

町田が聞いた。

「土井は校長の番犬だ。番犬は邪魔《じゃま》だからさ」

朝丘が言った。

「校長と教頭はそんなに仲が悪いのか？」

町田は目を丸くした。

「犬と猿《さる》みたいなものだ」

「そうか、そいつは知らなかったぜ。大池はどっちだ？」

「教頭派だ」

「面白《おもしれ》えな」

町田は、三原と顔を見合わせてにやっとした。

「修学旅行をやったら、自殺すると電話してきたやつ。あれには裏《うら》があるという気がするんだ」

「裏って何だ？」

町田は朝丘の顔を見た。

「それは、もう少しはっきりしたら教える」

朝丘は、それ以上言わなかった。

光太は、朝丘と二人になったとき、

「どうして、仕掛けを使わなかったんだ？」

と聞いた。

「それは、町田を仲間にしようと思ったからさ」

「そうか、そういうことだったのか」

光太は、朝丘といい友だちになれそうな気がしてきた。

Ⅲ 一人旅

1

拝啓《はいけい》
ぼくは今日、白河《しらかわ》の関《せき》を越《こ》えた。
芭蕉《ばしょう》は、「白河の関にかゝりて、旅心定《さだま》りぬ」と記している。
昔の人は、ここまで来ると江戸《えど》を離《はな》れて、はるばるやってきたなあと思ったらしい。
「都をば霞《かすみ》と共に立ちしかど秋風ぞ吹く白河の関」能因法師《のういんほうし》
「都にはまだ青葉にて見しかども紅葉散りしく白河の関」源頼政《みなもとのよりまさ》
白河の関は文人たちに慕《した》われていたから、芭蕉も行ってみようと思ったにちがいない。
朝早く那須《なす》を出て、芦野《あしの》まで二十キロの山道を歩き、そこで遊行柳《ゆぎょうやなぎ》を見てから六キロ歩いて、白河の関への坂道を登ったらしい。昔の人はよく歩いたものだ。
ぼくは、那須から黒磯《くろいそ》に出て、東北本線に乗ったが、新白河までは三十五分で着いてしまった。
なんだか芭蕉に悪いような気がする。

けれどぼくも、白河の関を越えて、やっと旅心が定まった気がする。一人で旅してると、だれともしゃべらないから、ちょっとさびしいけれど、でも、だれからも何も言われないから気がらくだ。東京のことが、だんだんうすれてしまう。人も町も、学校も……。思いきって出てきてよかったと思ってる。君にはおせわになった。ありがとう。あしたはどこまで行こうかな？旅がらすだよ。

川合賢一《かわいけんいち》

朝丘宏君《あさおかひろしくん》

朝丘は、その手紙を持って学校に出かけた。教室に入ると、光太《こうた》は弥生《やよい》と話をしていた。

「今日の昼、体育館に来てくれ」

光太は、朝丘を手招《てまね》きして言った。

「体育館で何かあるのか？」

朝丘は、光太に聞いた。

「六人で集まるんだ」

「はじめての顔合わせってわけか？」

「あの計画もあるしな」

あの計画とは、大池をやっつけることにちがいない。

「わかった。これを読んでみろ」

朝丘は、川合の手紙を光太に見せた。

「川合が手紙をよこしたのか？」

光太は、むさぼるように手紙を読んでいたが、読み終わったとたん、

「心配させやがって」

と胸《むね》をなでおろした。

「川合が、こんなに奥《おく》の細道《ほそみち》にはまっていたとは知らなかったぜ」

朝丘が言うと、光太が、

「おれもだ。あいつ、一人旅を楽しんでるぜ。これじゃ自殺の心配はねえよ」

顔を見合わせて笑った。

弥生は、川合の手紙を読むと、

「これは、キタさんにだけは話しておいたほうがいいね。心配してるから」

と言った。

「それは弥生にまかせた」

朝丘は、関心のない顔で言った。

昼休みに光太、朝丘、町田《まちだ》、三原《みはら》、恵子《けいこ》、弥生の六人が体育館に集まった。

「これで全部か？」

町田が聞いた。

「これ以上は集まらねえんだ」

「六人くらいがちょうどいいさ」

朝丘が言うと、

「だけど、おれや町田が恵子と組むなんて考えられねえな」

三原は、信じられないという顔をしている。

「どうして？」

恵子が聞いた。

「だってそうだろう。恵子はクラス一の秀才《しゅうさい》だ。おれと町田は、クラス一のワルだ」

「だから面白いんじゃないか」

朝丘が言った。

「恵子、よくおれたちと組む気になったな？」

三原は、まだこだわっている。

「ほかに組む人がいないからよ」

恵子が言った。

「組むって、何するんだ？」

「いたずらよ。恵子っていたずらの天才なのよ」

弥生が言った。

「え？　本当か？」

光太が目を丸くした。

「実はそうなの。私って町田君や三原君よりワルかもね」

恵子がにっこり笑った。とてもワルとは見えない顔だ。

「ばれないのは、ここがちがうから」

弥生は、恵子の頭を指さした。

「そう言われても、恵子じゃ腹《はら》は立たねえ」

町田が意外に素直《すなお》な面を見せた。

「恵子、これ読んでみてくれ」

朝丘は、川合の手紙を恵子にわたした。

恵子は、それをざっと読んで、

「さすが川合君だね。白河の関でこれだけ勉強してるなんて、私もかなわないわ」

と感心している。

「恵子がほめるんじゃ、川合も大したもんだな。これからどこへ行くと思う？」

光太が聞いた。

「芭蕉は、何ヵ月もかけて奥《おく》の細道《ほそみち》を歩いたのだから、川合君は同じ道は歩かないと思う。今度行くところはきっと松島《まつしま》ね。その次は平泉《ひらいずみ》かな？」

恵子が言うと、本当にそこへ行きそうな気がしてくるから不思議だ。

「それはいいとして、電話したやつはどうなったんだ？」

町田が聞いた。

「まだわかんねえらしい」

光太が言った。

「わかるわけねえだろう。捜《さが》すだけむだだよ。やめりゃいいのに」

「本当に自殺したら困《こま》るから捜すんでしょう？」

弥生が言った。

「そんなことで自殺するわけねえだろう。そんなに死にたけりゃ、黙《だま》って死ねよ」

町田の言うとおりだと、光太も思った。

「だけどさあ、修学旅行に行きたくねえやつが三分の一もいるなんて、驚《おどろ》きだと思わねえか？」

三原が言った。

「おまえ行きたいのか？」

朝丘が聞いた。

「行きてえよ。京都へ行ったら、よその中学のやつと、ゴロまくんだ」

「茶髪《ちゃぱつ》はつれてってくれないぜ」

光太が言った。

「それじゃ、修学旅行のときだけ黒く染《そ》めるよ。染めりゃいいんだろ？」

「早いとこ染めといたほうがいいぜ」

「ああ、そうする」

三原も、こうして話してみると、ふつうの生徒と変わってない。

「それじゃ、今夜の打ち合わせをやろう」

光太が言った。

「大池《おおいけ》は、ヤマちゃんのアパートに行くか？」

町田が聞いた。

「ヤマちゃんが呼《よ》べば必ず行くわよ」

弥生は、まるで、そうなるのが当たりまえみたいに言う。

「すると、そこには魔女《まじょ》がいるってわけだ」

光太が言った。

「本当に魔女なのか？」

三原は疑《うたが》わしそうな顔をしている。

「イタリアの魔女をやっつけたっていうから、本物らしいぜ」

「大池はどうなるんだ？」

「きっと、ボコボコにされて、ガイコツにされるかもよ」

「こわい！　でも見たい！」

恵子が体をゆすって言った。

「ビデオで撮《と》ればいいじゃんか。だれかカメラ持ってないか？」

朝丘は、五人の顔を見た。

「おれんちにある」

三原が言った。

「よし、それでばっちしだ」

町田が、跳《と》び上がって喜んでいる。

「それはいいとして、おれたちは何をするんだ？」

三原が聞いた。

「今夜のところは、ヤマちゃんのアパートの前で、出てくる大池に会うことだ。これは恵子の案だ」

光太が言った。

「なんだ、それだけか？」

三原は、明らかにつまらなそうな顔をした。

「今夜は最初だから、プレッシャーをかけるだけにしよう。これでもかなり効《き》くと思うわ。本格《ほんかく》的《てき》なパンチをたたきこむのはこの次よ」

恵子の目は、きらきらと輝《かがや》いている。

2

「北原《きたはら》先生、ちょっと来てください」

北原は、大池に呼ばれて、大池の席まで行った。

「川合の行方《ゆくえ》は、その後わかりましたか？」

大池の目は、冷たい。蛇《へび》のようだと北原は思った。

「わかりません」

「あんたには何度も言っているが、その他人事《ひとごと》みたいな言い方はやめてくれませんか？」

大池は、北原をなぶるのが楽しいのではないかと思われる態度《たいど》だ。

「では、なんと言えばいいのですか？」

「一生懸命《いっしょうけんめい》捜していますとか、そういう言い方はできないのですか？」

「どこへ行ったかわからないのですから、捜しようがありません。それとも、いなくなったことをマスコミに発表しますか？　見かけた人はご一報くださいとやれば、ひっかかるかもしれません」

「そんなみっともないことができますか？　わが校の恥《はじ》さらしだ」

大池が大声を出したので、まわりの教師が二人のほうを注視《ちゅうし》した。

これは大池の計算だ。

近くの席にいる山内《やまうち》は、顔を伏《ふ》せている。

笑っていることを隠《かく》すためだということは、北原にもわかった。

「では、どうしましょう？」

北原は、とぼけて聞いた。

「あんたの勝手にしたらいいでしょう。そのかわり、もしものことがあったら責任《せきにん》を取ってもらいますからね」

「責任を取るというのは、やめろということですか？」

「そんなことは、自分で考えたらいいでしょう」

大池の言葉をみなまで聞かず、北原は自分の席に戻《もど》った。

「やられてましたね」

山内が笑いながら言った。

「ええ、まあ」

「全然、こたえてない顔。それじゃ、怒《おこ》るの当たり前ですわ」

「そうですか。実は川合から朝丘のところへ、旅先から手紙がきたのです」

「あら、本当？」

山内の顔が一瞬《いっしゅん》輝いた。

「あいつ、一人で奥の細道をまわっているようです」

「やっぱり。私、そうではないかと思っていました。いま、どのあたりですか？」

「『白河の関を過ぎて旅心定りぬ』なんて書いてますが、ぼくは、奥の細道はあまりよく知らないので」

北原は、古文はあまり得意でない。

「そうですね。白河の関の次は須賀川《すかがわ》、郡山《こおりやま》、それから二本松《にほんまつ》の安達ヶ原《あだちがはら》にある、黒塚《くろづか》の岩屋《いわや》を見るかもしれません。ここは鬼女《おにおんな》伝説で有名で、私が話したことがありますから」

「安達ヶ原の鬼女というのは、ぼくも聞いたことがあります」

「芭蕉は、それを見て福島に泊《と》まっています。それから次の夜は飯坂《いいざか》温泉に泊まっていますが、川合君は、そこへは行かず仙台《せんだい》に行くのではないでしょうか？」

「仙台からはどうなりますか？」

「塩竈《しおがま》、松島、石巻《いしのまき》には行くと思います。そのあとは平泉に行くでしょう」

「『五月雨《さみだれ》の降《ふ》り残してや光堂《ひかりどう》』ですか。ぼくも、学生のとき行ったことがあります」

「いまごろ、どのあたりを歩いているのか……。川合君は一人旅を楽しんでいるのかもしれませんわ」

「ぼくより、山内先生のほうが川合のことをよく知っている。慚愧《ざんき》に堪《た》えません」

北原は、川合のことをただおとなしい生徒としか見ていなかったことに、教師として後悔《こうかい》の思いにかられた。

「ああいう子って、存在感《そんざいかん》がないから、つい見過ごしてしまうんです。私もいくつか過《あやま》ちを犯《おか》しました。とても他人事とは思えません」

「ところで、今夜は予定どおりですか？」

「ええ」

山内がうなずいた。

「それじゃ、菊地《きくち》に連絡《れんらく》しなけりゃ」

北原は、英治に電話した。

「菊地です」

「北原だが、予定どおりだ」

「わかりました」

北原は電話を切ると、教室に行った。入り口に光太が立っていた。

「今夜やりますか？」

「予定どおりだ」

言ったとたん、光太は教室に走りこんだ。


「予定どおりだそうだ」

英治《えいじ》は相原《あいはら》に言った。

「よし、じゃあ、銀鈴荘《ぎんれいそう》へ行こう」

英治と相原は、自転車で銀鈴荘に向かった。

「きのう、ひかるから電話があった。ちかぢか日本に来るそうだ」

心なしか相原の顔が輝いて見えた。

「ひかるに会うのしばらくぶりだな。変わったかな？」

「そりゃ、アメリカで暮《く》らしてるんだから変わるだろう」

「アメリカ人のボーイフレンドはできたかな？」

「ボーイフレンドは何人もいるらしい」

「やきもち焼けないか？」

「別に……」

「おまえって、醒《さ》めてるな」

相原は、それには答えず自転車を走らせていたが、

「おれ、アメリカの大学に行こうかな？」

と突然《とつぜん》言った。

「アメリカへ行くのか？」

「高校を卒業したら、向こうへ渡《わた》って英語の勉強をするんだ」

——相原がアメリカへ行ってしまう。

英治は、それまで、そんなことは一度も考えたことはない。相原は、いつも自分のそばにいるものだと思いこんでいた。

「アメリカへ行く目的は何だ？」

「国際ジャーナリストになろうと思うんだ。それにはアメリカのほうがいい」

「そうか、それはいいかもしれないな」

英治は、上《うわ》の空《そら》の返事をした。

「おまえは、何になるつもりだ？」

相原が聞いた。

「おれか？　おれはまだ考えてない」

「あいかわらず、のんびりしてるな」

言われてみれば、たしかにそのとおりだ。もう考えなくてはいけない。

二人が銀鈴荘に着くと、ルミが表の掃除《そうじ》をしていた。

ルミとは、ときどき会うだけで、意識したことはなかったが、今日のルミは、別人かと思うほど美しかった。

「ルミ、きれいになったな」

英治が言うと、相原も、

「きれいだ」

と言った。

ルミの顔が赤くなった。

「おばあちゃんに用事ですか？」

ルミがおばあちゃんと言うのは、はるのことである。

「そうだ。元気か？」

「元気です」

ルミは、逃げるように中へ走りこんだ。

きっと、はるに知らせに行ったにちがいない。

英治と相原がはるの部屋の前まで来ると、ルミが入り口で待っていて、

「どうぞ」

と中へ入れてくれた。

「いらっしゃい」

はるの元気のいい声がした。

はるは、去年にも増《ま》して、顔の張りがあり、血色《けっしょく》もいい。

「おばあちゃん、ますます元気そうですね？」

英治が言った。

「元気よ。二人で来たところをみると、何かあるね？」

はるは、二人の顔にじっと目を凝《こ》らした。

「さすがは魔女、人の心が読めるんですね？」

英治が派手《はで》に感心すると、はるはすっかりご機嫌《きげん》になった。

「もうそろそろ来そうな予感がしてたんだよ。話してごらん」

はるに言われて、英治はストーカーの一件《いっけん》を説明した。

「そんな教師がいるなんて許《ゆる》せないね。わかったよ。私にまかせておきな」

はるは、闘志《とうし》がみなぎったのか、眠《ねむ》っていたような目がかっと輝いた。

「そう言ってもらえると思ってました」

相原が言うと、

「それじゃ、出かけようかい」

とはるは立ち上がった。

「まだ早いですよ」

英治は、はやるはるを抑《おさ》えた。

3

その日の午後五時、英治と相原は、はるをつれて山内のアパートに出かけた。

山内は学校から帰ってきていて、三人を待っていた。

「こちらが、はるおばあちゃん」

英治は山内にはるを紹介《しょうかい》した。

「お名前は、かねがねうかがっております。イタリアの魔女をやっつけられたそうで」

山内があいさつすると、

「そうなのよ。そのときの話聞きたい？」

「ええ、とても興味ありますわ」

はるは、その言葉を待っていたようにしゃべりだした。

英治は、その間に、持ってきたビデオカメラを見えない場所にセットした。

山内が適当《てきとう》にあいづちを打つので、たちまち三十分が過ぎてしまった。

「おばあちゃん、そろそろ打ち合わせをしないと……」

相原に言われて、はるは、

「そうだったね。そいつはどんなやつなんだい？」

と山内に聞いた。

山内が、大池のこれまでのしつこいやり口を説明しているうちに、はるの表情がだんだん変化してきた。

「そういうやつは、うんとこらしめてやらなくちゃだめだね」

「おばあちゃん、何か考えた？」

英治が言った。

「こういうことになると頭が働くんだよ。まず、私は秋田の田舎《いなか》から上京したおばあさんということにしよう。いいね？」

「はい」

山内がうなずいた。

「秋田名物といえばキリタンポ。わかるかい？」

はるは英治に聞いた。

「キリタンポというのは、ご飯をつぶしてちくわみたいにしたものですよね？」

「よく知ってるね。これに鶏肉《とりにく》とか野菜とかをなべに入れたのがキリタンポなべ。それを用意してきたからね」

はるは、持って来たバッグから材料を取り出した。

「なんだか、変わった材料ですね」

山内が、けげんそうに言った。

「ストーカー野郎《やろう》がやって来たら、私が秋田からわざわざ持ってきたキリタンポを食べてくださいと言って出すからね。そうしたら、いやとは言えないだろう?」

「ええ、喜んで食べるでしょう」

「あんた、五味《ごみ》って知ってるかい?」

「ええ、あまい、すっぱい、塩からい、苦《にが》い、辛《から》いの五つでしょう?」

「さすが、先生だね。このキリタンポなべは、その五つの味がみんな入っているんだよ。まずこのキリタンポ、この中にはセンブリとトウガラシが練りこんであるんだよ」

「センブリって苦いの?」

英治が聞いた。

「これは、千度ふり出しても苦いからセンブリというんだよ。これを煎《せん》じれば胃の薬さ」

「その二つを練り合わせたら、どんな味になるんだろう?」

「ためしに食べてみるかい?」

はるは、にやにやしながら言った。

「とんでもない」

英治は手をふった。

「この野菜はアロエじゃないんですか?」

山内が聞いた。

「そうだよ。これも苦いからね」

「この肉だんごは鶏肉で作ったんですか?」

山内が聞いた。

「とんでもない。キャットフードだよ」

「ええッ」

英治は、思わず目をそむけた。

「驚くことはないよ。わたしは、食べたことないけれど、案外うまいらしいよ」

はるは、けろりとしている。

「これは、キリタンポなべじゃなくて、ヤミタンポなべだぜ」

「ヤミタンポじゃない。ドッキリタンポだよ」

はるが言ったとたん、爆笑《ばくしょう》になった。

時刻《じこく》は、そろそろ六時になろうとしている。

「それじゃ、ぼくらは退散しますから、おばあちゃんよろしくね」

英治は立ち上がった。

「ああ、まかしときな」

「じゃあ、結果はビデオで観《み》させてもらいます」

英治と相原は、山内のアパートをあとにした。

少し歩くと、家の陰《かげ》から、

「菊地さん」

という声がした。見ると、光太のほかに五人の中学生がいた。

「どうですか？」

光太が聞いた。

「仕掛《しか》けは完璧《かんぺき》だ」

「ビデオカメラはセットしてくれた？」

三原が聞いた。

「もちろんだ。あそこに入った大池は、オオイケネエと言って出てくるぞ」

英治のだじゃれに、中学生たちは、笑うこともできず困《こま》ったように顔を見合わせている。

「君たちは、ここで待ってるのか？」

相原が聞いた。

「大池がヤマちゃんのアパートから出てきたときに合わせて、姿《すがた》を見せるんです」

光太が言った。

「おお、イケネエ」

「塾《じゅく》の帰りだと言ったら慌《あわ》てるよ」

弥生が言った。

「では、おれたちは相原の家にいるから、ビデオテープを持って、来てくれないか？」

英治は、そう言って、中学生たちと別れた。

「キタさんはどうする？」

英治は、北原のことをすっかり忘《わす》れていたことに気づいた。

「うちに呼んであるから来るだろう」

さすがに相原は手抜《てぬ》かりがない。

「まだ連中が来るには時間があるから、『フィレンツェ』に寄ってパスタでも食おうか？」

英治が言うと、相原が賛成した。

二人が『フィレンツェ』に行くと、

「いらっしゃい」

と貢《みつぐ》が笑顔を見せた。

「日比野《ひびの》はいるか？」

英治が聞いた。

「いまキッチンにいます。ボンゴレでいいですか？」

貢が言った。

「それでいい。所長がいないじゃないか？」

相原は、店の中を見まわして言った。

「もうすぐ来ます」

貢が言ったとき、有季《ゆうき》が入ってきた。

「こんばんは」

有季は二人にあいさつした。

それと同時に、日比野がキッチンから顔を出した。

「おそろいで何か用か？」

日比野は、コックがすっかり板についている。

「いろんなことがあってな。三人とも聞いてくれ」

英治は、自殺電話とストーカーのいきさつを三人に話した。

「そんなことで修学旅行をやめちゃうなんて、ぼくならいやです」

貢が言った。

「そうか、君は行きたいか。しかし、どうでもいいという連中はいるだろう」

「そりゃいますよ。行きたくなけりゃ、自分だけやめりゃいいんですよ。みんなを巻《ま》きこむなんて、卑《ひ》きょうすぎますよ」

「君の言うことはよくわかるが、勝手にやめるわけにもいかないだろう？」

「病気になったとか、理由はいくらでもつけられます。でも、本当は修学旅行も、体育祭も、自由参加にすればいいいんです」

「そうすりゃ、内申書を気にすることもないよな」

英治は、自分たちと同じ考えを持っている中学生がいることに安心した。

「電話は一回きりですか？」

「うん、一回だけだ」

「まだありますよ。一回だけならいたずらです。気にすることはありません」

貢も探偵《たんてい》だけに、ふつうの中学生とは言うことがちがう。

有季がうなずいた。

「一人で奥の細道を歩くなんて楽しそう。私もやってみたいな」

有季は、うらやましそうに言った。

「彼《かれ》が死ぬおそれはないよな？」

英治が聞いた。

「いまは、彼にとって最高だと思います。死にたくなったら、学校なんか休んで、彼みたいに一人旅をすればいいいんだわ」

「二人で行くのも悪くないぜ」

貢が言った。

「心中はごめんよ」

「おれと有季が心中だって？」

貢は笑いころげた。

この二人には教えられることが多い。

英治は、いちいち感心してしまう。

「だけど、そのストーカー野郎は許せねえな」

貢は、ほっぺたをふくらませて怒っている。

「いまごろはるばあちゃんがやってくれてるさ」

英治は、胸がわくわくしてきた。

「そのビデオ観たいな」

貢は有季と顔を見合わせた。

「私たちも観に行っていいですか？」

有季が聞いた。

「ああいいよ。あの中学生たちを君たちにも紹介しよう」

英治は、有季と貢なら、英治たちにはないアイディアを思いつくかもしれないと思った。

4

英治と相原が、有季と貢をつれて相原の家に行ってから二十分後に、北原がやってきた。

それからさらに二十分ほどして、表に騒《さわ》がしい声が聞こえた。

その声を聞いただけで、成功したなと英治は直感した。

はるを先頭に、山内、光太、弥生、町田、三原、恵子、朝丘の八人が、どやどやと入ってきた。

部屋は、一度ににぎやかになった。

英治は、有季と貢をみんなに紹介した。

「中学生なのに探偵なんて、やるじゃんか」

町田は、単純《たんじゅん》に驚いている。

「この二人は、私とイタリアに行って大活躍《だいかつやく》したんだよ」

はるがイタリアの話をすると、恵子は目を輝かせて聞いていた。

「言葉はどうしたの？」

恵子が聞いた。

「彼女《かのじょ》はイギリスに行っていたから、英語はできるんです」

貢が言うと、三原は目を丸くして、

「すげえ!」

と驚いた。

「だから、彼女は英語の時間は、いつも寝《ね》てるんです。いつだったか、先生が寝ている有季に、次を読めって言ったことがあったんですけど、先生よりうまく読むんで、あっけにとられてました」

「おれも、一度でもいいから、そんなことやってみてえよ」

三原が言うと町田が、

「よけいなこと言ってねえで、早くビデオをセットしろ」

と言った。

「大池のやつ、ふらふらになってアパートから出てきたんです」

光太が言うと、弥生が、

「そこへ私たち六人が、『先生こんばんは』とやったんです」

とつづけた。すると恵子が、

「あのときの大池の顔ったらなかったね。はとが豆鉄砲《まめでっぽう》を食ったようって、あんな顔をいうのかしら」

と言った。

「それ、どういう意味だ?」

町田が聞いた。

「突然《とつぜん》のことにびっくりして、目を丸くしていることをいうのよ」

「さすがあ。秀才の言うことはちがうぜ」

英治は、町田と三原に好感を持った。こいつたちなら、光太や弥生といい仲間ができそうな気がしてきた。

はるは、さっきからにやにやしている。

「おばあちゃん、どうして黙ってるんですか？」

有季が聞いた。

「言いたくて、言葉がここまで出ているんだけど、がまんしてるのさ」

はるは、のどを指さして言った。

「田舎からやって来たおばあちゃん、って言ったんですか？」

「そう」

山内が言ったとき、ビデオが映《うつ》りだした。

『いらっしゃい。こちらは秋田からやってきた祖母《そぼ》です』

『孫がお世話になっております』

「秋田から出て来たのに標準語ですね」

有季が言った。

「しかたないよ。へたな秋田弁つかうとばれちゃうからね」

「変だと思われませんでした？」

「まあ、観てごらん」

はるは自信にあふれている。画面の大池は、はるがいるせいか、表情が固い。

「こいつの顔見てみろ。がっかりしてやがるぜ。ざまあ見ろ」

町田が、子供みたいに手をたたいて喜んだ。

『こちらへどうぞおすわりください。美津子《みつこ》は、あなたさまにいつもお世話になっていると申しておりますので、今日は、秋田名物キリタンポを持ってやってきました。どうぞ、おめしあがりください』

はるに言われて、大池はテーブルの前にすわった。

『おばあさまがいらっしゃるとは存《ぞん》じませんでした』

大池は、正座《せいざ》して表情も固い。

『膝《ひざ》をくずしてらくにしてくださいな。秋田の地酒を持ってまいりましたので、どうぞ』

はるは、壺《つぼ》に入った酒をグラスに注いだ。

『いかが？』

『うまいですね』

大池はそう言うと、一気にグラスの酒を飲みほした。

『いい飲みっぷりだね』

はるが二杯《はい》目のお酒をつぐと、山内が、なべと材料を運んできて、テーブルの上に並《なら》べた。

『このキリタンポは、私の手製《てせい》だから食べてちょうだい』

『はい、私はキリタンポが大好きです』

大池がうれしそうになべの中をのぞきこんだ。

「いまのところ、何もなさそうですね」

貢が英治に聞いた。

「いや、あのキリタンポがすごいんだ。センブリとトウガラシがたっぷり練りこんである」

「ひゃー！」

恵子が首をすくめた。

「すげえ！　こいつは本物の魔女だぜ」

三原は、呆然《ぼうぜん》と画面を見つめている。

しばらくすると、なべに放りこんだ材料が煮《に》え立ってきた。

『東京へは、何のご用でいらしたんですか？』

大池が聞いた。

『見合いの話を持ってきたのよ』

『ほう、見合いですか？』

大池は、なんとか平静を保《たも》とうとしているが、心の動揺《どうよう》は隠せない。急にそわそわしている。

『早く結婚《けっこん》しないと、悪い虫がつくでしょう？　そう思いません？』

はるは、大池の顔を見つめた。

『はあ、そうですね……』

大池は口の中でつぶやいた。

『見合いの相手だけれど、秋田出身のおすもうさんなのよ。しこ名は大金星《だいきんぼし》。いい名前でしょう？』

『おすもうさんですか？』

「本当？」

弥生が聞いた。

「うそに決まってるだろう」

弥生と恵子が抱《だ》き合《あ》って笑った。

『いまはまだ幕下《まくした》だけれど、背《せ》は二メートルちょっと。目方《めかた》は百五十キロあるから、将来《しょうらい》は横綱《よこづな》だって言われているの。おむこさんに、こういうのどうかしら？　悪い虫退治にはいいでしょう？』

大池は、おすもうさんにショックを受けたのか、キリタンポをつまむと口の中に放りこんだ。

「食った！」

光太が奇声《きせい》を上げた。

大池は、キリタンポを口の中に入れたまま、目を白黒させている。

『これはドッキリタンポといって、お味は少々きついけれど、体にはいいわよ。お酒と一緒《いっしょ》に思い切って飲みこんでしまいなさい』

大池は、コップの酒と一緒に飲みこんでしまった。

『お見事！　私のドッキリタンポを食べた人はあなたが初めてよ』

はるは手をたたいた。

ビデオを観ているみんなは、腹をかかえて笑いころげた。

「先生、よく笑いませんでしたね？」

北原が言った。

「私は、さっきおばあちゃんのおっしゃったこと、じょうだんだと思ってたんです。本当だと知っていたら、がまんできなかったと思いますわ」

山内が、笑いながら言った。

「だけど、大金星はいいネーミングだな」

相原が感心している。

「二メートル、百五十キロじゃ、大池にはかなりのプレッシャーだったぜ」

英治は、さっきから頬《ほお》がゆるみっぱなしで、口が締《し》まらなくなっていた。

『失礼ですが、これは、強烈《きょうれつ》な味ですね』

大池が、ため息とともに言った。

『良薬は口に苦し。でもがまんして食べたら体に効《き》くわよ。つぎにこの肉だんごをめしあがれ』

はるは、なべの中からはしで肉だんごを一つ取ると、大池の皿にのせた。

大池は、それに目を注いだまま食べようとしない。

『どうぞ、勇気を出して。男でしょう？』

はるは、大池にすすめる。

大池は一口食べて、

『これは案外うまいですね』

ほっとした顔になった。

『そうでしょう。これはキャットフード。それもセレブな猫ちゃん用のよ』

とたんに大池は吐《は》き出しそうになった。

『出しちゃだめ！』

恵子と弥生が悲鳴を上げた。

「こんなメニュー、ぼくにはとても思いつかないぜ」

貢が呆《あき》れている。

「当たりまえだ。こんなもの食わしたら、二度と『フィレンツェ』には行かないぜ。それにしても、すばらしい頭の回転だな」

相原は、しきりに感心している。

『では、さっきのドッキリタンポの中味は何ですか？』

大池は呻《うめ》くように言った。

『どんな味だった？』

『なんだか、とっても辛くて苦くて、のみこむのがやっとでした』

『カブト虫の幼虫《ようちゅう》をセンブリとトウガラシで味つけしたのさ。これで先生は、七十五日寿命《じゅみょう》がのびたはずよ』

大池の顔が、みるみる青くなった。

『帰らせていただきます』

と言って立ち上がった。

『まだ、おいしいおまんじゅうがあるのに』

はるは、大池の腕《うで》をつかんだが、それをふりはらって、大池は玄関《げんかん》から出ていった。

ビデオはここで終わった。

「大成功《だいせいこう》！」

いっせいに拍手《はくしゅ》が起こった。

「でもカブト虫の幼虫って本当なの？」

英治が聞くと、

「さすがにそんなものは入れてないよ」

はるが笑った。

「大池はすっかり信じこんでたようだね」

「これでもまだこりなかったら、虫みたいに、両手両足をちぎってやるからね」

「すげえ！　魔女だ」

町田が言ったとたん、大爆笑になった。

「みなさん、どうもありがとうございました」

山内は、みんなに向かって深く頭を下げた。

5

「もしもし、菊地君？」

声を聞いただけで、純子《じゅんこ》だと思った。

「純子か？」

「よくわかるね」

「当たりまえだ。もう何年つき合ってると思う？」

「そういえば長いね」

純子が言った。

「もうそろそろ、愛の告白をしてもいいころだぜ」

「アホ。それはそっちのすることでしょう」

「そうか、そいつは失礼しました」

純子と話してると、話はどこへ行ってしまうかわからない。

「この間はありがとう。みんな感謝してたわ」

「おれたちは何もやってない。お礼はおばあちゃんに言うことだ」

「おばあちゃん、ますます冴《さ》えちゃって、どうなってるの？」

「ほんものの魔女になっちゃったんだろう」

「おばあちゃんのところに、六人であいさつに行ったって」

「近ごろの若《わか》いやつにしては、やるじゃんか」

「おじさんみたいなこと言わないでよ。実は困ったことが起きたの」

「今度は何だ？」

「また自殺予告の電話がかかってきたのよ。修学旅行を中止すると発表しなければ、本当に自殺するって」

「だれのところに電話してきたんだ？」

「今度は校長の自宅《じたく》だって」

「いつだ？」

「きのうの夜中。今日は職員会議を開いて、対策《たいさく》を検討《けんとう》しているらしいわ」

「まさか、中止なんて言うんじゃないだろうな？」

「わからない」

純子の声も暗い。

「二度も電話してきたところをみると、いたずらではないかもしれないな」

英治も不安になってきた。

「職員会議の結果は、キタさんが連絡するって」

「じゃあ、それ待ちだな。光太はどうしてる？」

「落ちこんでるわ」

「そこにいるのか？」

「いるわ。代わろうか？」

「代わってくれ」

英治が言うと、

「光太です」

という声が聞こえた。

「また電話があったって？」

「そうなんです」

光太は、いつもの元気がない。

「それらしいやつは見つからないのか？」

「それなんですけど、朝丘は、これには裏《うら》がありそうだって言うんです」

「裏って何だ？」

「さあ、朝丘はそれしか言わないからわかりません」

「どうして朝丘はそんなこと言うのかな？　何かつかんでいるのか？」

「そういう気がします」

朝丘は、なぜ知っているのだろう？

それが英治には不思議だった。

「とりあえず、どうする？」

「どうしていいか、わかりません」

「そうだな、じたばたしないほうがいいかもしれない」

英治にも、それしか答えられない。

電話を切ったあと、朝丘に電話して聞いてみようと思った。

英治は、朝丘の家に電話した。

「もしもし、朝丘です」

という声がした。

「菊地だ。ちょっと聞きたいことがある」

「何ですか？」

朝丘の声は変わらない。

「また自殺予告の電話があったそうだな？」

「はい」

「君は光太に、この電話には裏があると言ったそうだが、裏とは何か教えてくれないか？」

「ああ、そのことですか。これは証拠《しょうこ》があって言ったことではありません。あくまでも、ぼくの推理《すいり》というかカンです」

「推理でもいいから教えてくれないか？」

英治は、低姿勢《ていしせい》で言った。

「自殺の電話をしたやつですが、あれ、うちの生徒ではない気がするんです」

「すると、よその学校の生徒か？」

「よその学校の生徒は、そんな電話をしてきませんよ」

「じゃあ、だれだ？」

「あれは、中学生ではないという気がします」

朝丘は、断定《だんてい》するように言った。

「どうして、そうだとわかる？」

「修学旅行に行きたくないやつは、クラスに三分の一もいるんです。先生は、電話の犯人《はんにん》はその中にいると言ってますが、ぼくはそう思いません。あれは、校長を困《こま》らせるためにやったんだと思います」

「君は、とんでもない想像をするんだな」

「きっと、犯人は意外なやつですよ」

英治は、2A探偵局の有季に、この話をしてみようと思った。

有季なら、何と言うか興味があった。

朝丘との電話を切ると、ほとんど同時に電話が鳴った。

「北原だ」

「あ、先生、どうなりました？」

「校長は、人命には替《か》えられないから、やめようという意見だ」

「もしかして死んだら、修学旅行を強行したときの反動が怖《こわ》いんですね？」

「そうだ。しかし教頭と教務主任は反対だ。こんないたずらともわからない電話のために、せっかくの修学旅行を中止しては、生徒に申しわけないと言う。これも正論《せいろん》だ」

「そのとおりです。結論はどうなりました？」

「最終判断《はんだん》をするのは校長だから、校長の意見にしたがうと教頭が言った。みんなも、それに反論はしなかった」

「校長は、中止を決定したのですか？」

「一日考えて結論を出すということになった」

英治は、朝丘の言葉を思い出していた。

「その電話は、校長を困らせるのが目的かもしれませんよ」

「なぜ、そんなことを言うんだ？」

北原は聞き返した。

「中止して何も起こらなかったら、生徒も親も文句を言うでしょう。行って自殺者が出たら、これも大問題です。マスコミに袋《ふくろ》だたきになるでしょう。考えれば考えるほど、どうしていいかわからなくなる。校長をやっつけるのに、これほどいい手はありません」

「たしかに君の言うとおりだ。おれがもし校長の立場でも、どうしていいかわからん」

「これは、ぼくの意見ではありません。朝丘の意見です」

「朝丘？　彼は何か知っているのか？」

北原の声が変わった。

「彼は推理だと言いました。朝丘って、変わったやつですね」

「朝丘がそんなことを言ったか……」

北原は、うめくように言って電話を切った。

6

今日は『来々軒《らいらいけん》』の定休日である。

純子は、英治、相原、安永、谷本《たにもと》、柿沼《かきぬま》、日比野、天野《あまの》、立石《たていし》、中尾《なかお》、佐竹《さたけ》に電話して、久《ひさ》しぶりに会いたいから来てくれと言った。

もちろん、ひとみ、久美子《くみこ》、佐織《さおり》、ルミ、それからはると2A探偵局の二人に電話することも忘れなかった。

約束の午後五時に、以上の十七人が前後してやってきた。

店にはすでに、光太、弥生、恵子、町田、三原、朝丘の六人が待っていた。

これで純子を入れると総勢《そうぜい》二十四人。

この六人とは、はじめての者もいるので、純子が紹介することにした。

「この六人は、みなさんの中学の後輩《こうはい》です。かわいいでしょう」

純子が言うと、英治たち十四人の先輩が、いっせいに拍手した。

「いま、中学で困った問題が起きているの」

純子は、修学旅行を中止しなければ自殺するという電話の一件《いっけん》を説明した。

「そんなことありか？　信じられねえ」

天野が首をひねった。

「そうだよな」

佐竹があいづちを打った。

「キタさんも来るはずです」

光太が言った。

「キタさんって、北原のことか？」

天野が言った。

「そうだ。いまでは昔とはちがう」

英治が言った。

「あのころは駈《か》け出《だ》しだったよな」

柿沼が言ったとき、北原と山内が入ってきた。

「先生しばらく」

と言われて、北原は嬉《うれ》しそうな、照れくさそうな顔をした。

北原が山内を紹介すると、

「先生の婚約者《こんやくしゃ》？」

と柿沼が言った。

「失礼なこと言うな」

北原が慌《あわ》てて否定《ひてい》した。

「じゃ何？」

「同じ三年の担任《たんにん》だ」

「それだけ？」

柿沼は追及《ついきゅう》の手をゆるめない。

「それだけって何だ？」

「そんな美人がそばにいて、なんにもしないの？　それでも男か？」

「こいつ」

北原は手をふり上げた。

「まあ、まあ、久しぶりに会ったんだから、そんなにいじめないで。今夜はラーメンパーティーをやります。光太と弥生ちゃんは手伝って」

純子が言った。

「ただか？」

天野が言うと、純子がすかさず、

「四百円。ただしお代わり自由」

と言った。

「そいつは安い。赤字だろう？」

日比野が心配そうに言った。

「もちろんよ」

「えらい！」

みんなが、いっせいに拍手した。

「うちの学校で起きている事件、知ってるな？」

北原が言うと、柿沼と天野が、

「知ってる。いま聞いた」

と声をそろえて言った。

「そんなものかまわねえから、修学旅行に行けよ」

立石が、隣《となり》にすわっている町田に言った。

「はい、行きたいです。だけど校長がびびってるんです」

町田も、先輩の前では固くなっている。

「修学旅行に行ってる間に、本当に自殺しちゃったら校長の責任だからな」

相原が言った。

「近ごろの中学生は、どうなっちゃったんだ？」

天野が嘆《なげ》いた。

「電話したやつは、まだ見つからないのか?」

立石が聞いた。

「まだです」

町田が言ったとき、北原が、

「実は、昨日校長のところにあった二度目の自殺予告の電話についてなんだが」

と言った。

「何かわかったんですか?」

恵子が、けわしい表情になった。

「自殺予告の電話をかけてきたのは男子生徒だけれど、死のうとしているのは女子だって言うんだ」

「女子ですか?」

恵子と弥生が顔を見合わせた。

「思いあたる者はいるか?」

北原が聞いた。

「全然いません」

二人が同時に首をふった。

「でも、ちょっとおかしいな。その女の子、どうして自分で電話しなかったのかしら?」

有季が首をかしげた。

「ボーイフレンドが、彼女に代わって電話したんじゃないのか？　親切な男なら、それくらいのことはやるぜ」

柿沼が言った。

「そういうのは親切とはちがいます。彼女のことを好きなら、やめさせるのがボーイフレンドです」

「有季の言うとおりだ」

英治が言った。

「自分の身がヤバくなったので、女子だと言って捜査《そうさ》を混乱《こんらん》させるつもりかもしれません」

有季が言った。

「中学生がそこまで考えるか？」

天野が言った。

「朝丘君が言ってたけど、これは大人の発想です」

有季が言うと、朝丘がうなずいた。

「どんな内容だったんですか？」

相原が聞いた。

「早く見つけないと、本当に死んじゃうって、かなり切迫《せっぱく》した声だったそうだ」

北原の表情はこわばっている。

「そこまで言うなら、名前を言えばいいのに、これじゃ、助けようがないじゃないですか？　それに、早く見つけないとって、どういうことですか？　修学旅行とは関係ないみたい」

有季が言った。

「そういうふうに受け取れないこともないな」

相原があいづちをうつように何度もうなずいた。

「助けたいために電話してるんじゃないみたいだ」

朝丘が、そっぽを向いて言った。

「いますぐ死にそうなやつは、うちのクラスにはいねえよ」

三原がつづけた。

「この電話はどうもおかしい」

「どこがおかしいんだ？」

北原は、朝丘の顔を見た。

「どこって言えないけど、なんとなくおかしい」

「裏があるのか？」

光太が聞いた。

「とんでもないことが起こるような気がする」

「とんでもないことって、だれかが死ぬのか?」

町田が言った。

「やめて!」

弥生が悲鳴を上げた。

「だれが死ぬのよ?」

恵子の顔から血の気《け》がなくなった。

「わからねえ。おまえかもよ」

朝丘は、恵子を指さした。

「脅《おど》かすのやめなさい」

山内がたしなめた。

「さあ、その話はあとにして、ラーメン食べよう」

純子が光太と弥生を手伝わせて、ラーメンを運んできた。

ラーメンを食べはじめると、ようやく、みんなの表情がなごんだ。

「今日、学校を休んだ人いますか?」

ラーメンを食べ終わるのを、待っていたように、有季は北原に質問した。

「ひろ子が休んだ」

町田が言った。

「あいつは、いつも休んでるからな。デートクラブにでも行ったんだろう」

三原が言った。

「デートクラブって何だ？」

柿沼が聞いた。

「おやじとデートして金もらってるんですよ」

「まじか？」

柿沼は、信じられないという顔をした。

「まじです」

「休んだ人ほかにいますか？」

相原が聞いた。

「いない」

北原が言った。

「ひろ子さんに連絡《れんらく》できますか？」

有季は、町田に聞いた。

「あいつ、携帯《けいたい》持ってるから連絡できる」

町田は、席を立つと店の隅《すみ》にある電話機のところへ行った。

「彼女、本当にデートクラブやってるの？」

山内が三原に聞いた。

「自分でやってるって言ってる。それにあいつ、いつも金持ってるから」

と言った。

「注意したことないんですか？」

山内は、北原に食ってかかった。

「ぼくが聞くと、そんなものやってないと言うんだから、それ以上、注意のしようがないですよ。もっとも、自分を大切にしろとは言ってますがね」

「それじゃ、話にならないわ」

山内は、吐《は》き捨《す》てるように言った。

町田が戻ってきた。

「留守電になった。すぐ連絡してくるだろう」

「うちに連絡したか？」

北原が聞いた。

「電話したって、いるわけねえよ」

町田は、つまらないことを聞くなという顔をしている。

しかし、三十分経《た》っても、ひろ子から電話はかかってこなかった。

「おかしいな。いつもならすぐ連絡がくるはずなのに」

町田は、ぶつぶつ言っている。

一時間経っても、ひろ子からの連絡はなかった。

「変だ。何かあったかもしれない」

町田の表情が固くなった。

「こういうことは、これまでにないのか？」

北原が聞いた。

「一度もない」

町田が言った。

Ⅳ 少女の手紙

Hiroshi Yasunaga

1

今日、平泉《ひらいずみ》にやってきた。

芭蕉《ばしょう》と曾良《そら》は一ノ関《いちのせき》へ泊《と》まった翌日《よくじつ》、平泉を訪《おとず》れている。

登米《とよま》を五月十二日に発《た》って一ノ関に向かったが、途中《とちゅう》合羽《かっぱ》もとおるほどの雨にあって、夕方一ノ関に着いた。

平泉を訪れたのは翌十三日、陽暦《ようれき》の六月二十九日である。

十時に一ノ関を出発して、午後四時ごろには一ノ関に帰っている。

一ノ関から平泉までは、東北本線で約八分。距離《きょり》にすると八キロほどだが、それを歩いて往復したのだからすごい。

ぼくには、とてもまねできない。

平泉駅を降《お》りて右に曲がり、北に一キロほど歩くと義経《よしつね》の館《やかた》のあった高館《たかだち》がある。

この道は、両側に家が並《なら》んでいるけれど、だれも人が通っていない。

東京にいると、人の姿《すがた》を見かけないことはないので、町にだれもいないのがおもしろいと思った。

七百メートルほど歩くと、道の左の奥《おく》に無量光院跡《むりょうこういんあと》があった。

藤原秀衡《ふじわらのひでひら》が宇治平等院《うじびょうどういん》をまねて建てたといわれているけれど、いまは池の跡と石がころがっているだけで、ここにも人影《ひとかげ》はない。

昔のことなんて、思い出しようがない。

そこからさらに三百メートルほど行くと、高館の義経堂の標識があった。

右に曲がって、坂道を登ると北上川《きたかみがわ》が目の下に流れている。

ここは、かつて、兄頼朝《よりとも》に追われ藤原秀衡を頼《たよ》って奥州《おうしゅう》に落ちのびた源義経の館があったところだ。

文治《ぶんじ》五年（一一八九）四月三十日に、秀衡の子泰衡《やすひら》に襲《おそ》われ、妻子《さいし》ともに自害したといわれている。

兄貴《あにき》に殺されるなんて、義経はかわいそう。

ここから、北上川の彼方《かなた》に遠く束稲山《たばしねやま》の連山が眺《なが》められてすばらしい。

芭蕉はこう書いている。

「三代の栄耀一睡《えいよういっすい》の中《うち》にして、大門《だいもん》の跡は一里《り》こなたに有《あり》。秀衡が跡は田野に成《なり》て、金雞山《きんけいざん》のみ形を残す。先《まづ》、高館にのぼれば、北上川南部より流るゝ大河也《なり》。衣川《ころもがは》は、和泉《いづみ》が城《じょう》をめぐりて、高館の下《もと》にて大河に落入《おちいる》。泰衡等《ら》が旧跡《きゅうせき》は、衣《ころも》が関《せき》を隔《へだ》て、南部口をさし堅《かた》め、夷《えぞ》をふせぐとみえたり。偖《さて》も義臣《ぎしん》すぐつて此城《このじやう》にこもり、功名一時《こうみやういちじ》の叢《くさむら》となる。国破《やぶ》れて山河《さんが》あり。城《じやう》春にして草青みたりと、笠打敷《かさうちしき》て、時のうつるまで泪《なみだ》を落《おと》し侍《はべ》りぬ。

夏草や兵《つはもの》どもが夢の跡
卯花《うのはな》に兼房《かねふさ》見ゆる白毛《しらが》かな　曾良《そら》」

ぼくは、前からこの俳句のことは知っていたけれど、芭蕉がこの景色《けしき》を見てつくったと思うと感動した。

やっぱり芭蕉はすごい。ぼくには、一句もつくれない。

曾良の句の兼房というのは、義経のために最後まで戦った義経の老臣増尾十郎兼房《ろうしんましのおじゅうろうかねふさ》のことで、義経の最期《さいご》を見とどけて、館に火を放って討死《うちじに》をしたといわれている。

高館には、だれも人が来ないので、ぼくはしばらく北上川と東稲山の風景を眺《なが》めていた。

九百年も昔に栄え、やがて滅亡《めつぼう》した。藤原三代、清衡《きよひら》、基衡《もとひら》、秀衡。そして義経の最期。

そして数百年後、芭蕉がここを訪れ、さらに数百年後ぼくがここにいる。

長い歴史の流れの中のぼくは、ちっぽけな石ころ。

そんなことを考えていると、学校でみんなにいじめられて、落ちこんでいる自分がばかばかしくなってきた。

まして自殺なんて、別の世界のことのような気がしてきた。

ぼくは、元気になって高館の丘《おか》を降《お》りた。

そこから踏切《ふみきり》を渡《わた》ると中尊寺《ちゅうそんじ》の入り口、月見坂《つきみざか》である。

道の両側は杉並木《すぎなみき》が空をさえぎり、うす暗い。

ここが表参道《おもてさんどう》だが、坂の途中左手に弁慶堂《べんけいどう》があった。

しばらく坂道を登ると汗《あせ》ばんできた。そこに、天台宗《てんだいしゅう》東北大本山の本坊《ほんぼう》があり、さらに少し行った左手に金色堂《こんじきどう》があった。

金色堂は、覆堂《おおいどう》といわれるコンクリートの建物の中にあった。

金色堂を風雪から守るために、建てられて百六十年たってから覆堂におおわれた。

芭蕉が見たのは、昔の覆堂で、そこで詠《よ》んだ句が、

五月雨《さみだれ》の降り残してや光堂《ひかりどう》

ガラスの箱の中にある金ぴかの光堂は、ちょっとがっかりだった。これじゃ、俳句なんて浮《う》かばないよ。

以上長くなってしまったけれど、恵子《けいこ》なら興味を持ってくれると思うので送ることにした。

これを書いているのは平泉の旅館だ。

中尊寺の境内《けいだい》で会った老夫婦が、うちに来ないかと言うので、あした一緒《いっしょ》に行くことにした。

世の中には、親切な人っているものだぜ。

なんだか今日は、心があったかくなった。

川合賢一《かわいけんいち》

松下《まつした》恵子さま

恵子は、川合の手紙を読み終わると、弥生《やよい》に電話した。

「川合君から手紙がきたよ」

と言うと、弥生は、

「えッ」

と言ったまま言葉がつづかなくなってしまった。

恵子は、手紙の内容を弥生に読んで聞かせた。

「あいつ、風流なことやってるね。学校のこと忘《わす》れちゃったみたい」

弥生が言った。

「うらやましい。もう彼《かれ》は大丈夫《だいじょうぶ》だよ。ところでひろ子はどうした？」

恵子は、ちょっと心配になって聞いてみた。

「きのうも今日も町田《まちだ》君に連絡《れんらく》はないし、家にも帰ってないみたいだって。でも二日つづけて家に帰らないことは、いままでにもあったらしいから、それほど心配はしてないいって言ってた」

「お母さんは心配してないの？」

ひろ子は、母親と二人暮《ぐ》らしのはずだ。

「そのお母さんが、家に帰ってないんだって」

「どこに行ってるの？」

「知らない。お母さんって、めちゃめちゃらしいよ。ひろ子、いつも怒《おこ》ってる」

「でも大丈夫《だいじょうぶ》かな？　ちょっと心配だよ」

恵子は電話を切ったあとも、なんとなく落ちつかないので、朝丘《あさおか》に電話してみることにした。

「もしもし松下です」

と言うと、ぶっきらぼうな朝丘の返事が返ってきた。

「川合君から手紙がきた。読むから聞いて」

恵子が読み終わっても、朝丘は何も言わない。

「どう思う？」

恵子は、しびれを切らして聞いた。

「どうって、これでいいんじゃないか」

朝丘は、まるで他人事《ひとごと》みたいに醒《さ》めている。

「よかったとか、なんにも感じないの？」

恵子は、いらついて言った。

「別に……」

——いらつくぅ、なんてやつだ。

と言いたいのをがまんして、

「彼《かれ》はもう死なないね？」

と念を押《お》した。

「あいつは、死にたいと思っただけさ。思ったって死なねえよ」

「そうかな？」

「そうさ」

これ以上話していると、どなってしまいそうになる。

話さなきゃよかったと思った。

「川合のやつ、奥《おく》の細道《ほそみち》のことわかるのは、恵子しかいないと思って手紙書いたんだ」

「そうかなぁ」

そうかもしれないと思うと、少し気分が直ってきた。

「それより、ひろ子がヤバイぞ」

朝丘が言った。

「二日帰らなかったみたいね。でも、お母さんも帰ってないみたいよ」

「あいつ、永久に帰ってこないかもしれないぜ」

「それどういうこと？　まさか……」

「そうだよ」

「ひろ子が自殺なんて、考えられないよ」

「自殺じゃないかもしれない」

「自殺じゃなければ何よ？」

朝丘は、それには答えず、

「修学旅行、やめるかもしれないってさ」

「だれが言ったの？」

「キタさんが言った」

「決まったの？」

「まだ決まってないけど、校長はその気らしいぜ」

「どうして？」

「もしものことがあったら、責任《せきにん》取って辞《や》めるのがこわいからだろう。その気持ちはわかるぜ」

「校長はそうかもしれないけど、私たちはどうなるの？」

「行きたくないやつだっているだろう？」

「だけど、ほとんどの人は行きたいわよ」

「そうかな……」

朝丘は、醒めている。

「自殺するのは女子だって、校長のところに電話があったでしょう？　あれ、どう思う？」

「そのとたんに、ひろ子がいなくなった。だから、いやな予感がするんだ」

「2A探偵局《たんていきょく》の前川有季《まえかわゆうき》さんも、朝丘君と同じ考えみたいよ」

「そうか」

「彼女《かのじょ》、中学二年にしてはやるよね」

「あいつは本物だ」

珍《めずら》しく、朝丘がほめた。

「じゃあね」

恵子は電話を切った。

朝丘は何を考えているのだろう？

想像してみたけれど、どうしてもわからなかった。

2

校長の新田《にった》は、体育教師の土井《どい》を家に呼《よ》んだ。

土井は、指定した夜の八時ちょうどに、新田の家にやってきた。

「まあ、ビールを飲みたまえ」

新田は、土井にビールをすすめた。

「電話の犯人《はんにん》は目星がついたか？」

「いいえ、まだです」

土井は顔を伏《ふ》せた。

「なぜ見つからんのだ？　それらしい生徒はいるだろう？」

新田は、頭に血が上ってくるのがわかった。

「そういう生徒は全部調べました。しかし、いないのです」

「調べたのは男子だけだろう？」

「はい、そうです」

「今度かかってきた電話によると、かけてきたのは男子だが、自殺するのは女子だと言っておる。早急に女子も調べるのだ。早くしないと、修学旅行の前に死んでしまうかもしれん。そうなったら、修学旅行どころではなくなる」

「わかっております。必ず見つけます」

土井は、膝《ひざ》の上にのせた拳《こぶし》をしっかりにぎりしめた。

「頼《たよ》りになるのは君だけだ。あとの連中は、口先だけで全然やる気がない」

「古ギツネのことですか？」

「そうだ。古屋《ふるや》のやつ、教頭にしてやったときは、いやらしいほどぺこぺこしていたのに、いまの大きな態度《たいど》はどうだ？　おれをまったくないがしろにしている」

「あいつは恩知《おんし》らずです。悪いことは、何もかも校長先生になすりつけてしまう腹《はら》です」

「悪いこと？　それは何だ？」

「校長先生の交際費のことです。学校の金を勝手に使って、豪遊《ごうゆう》していると言っています」

「やつはそんなことを言っておるのか？」

「はい、教務主任と学年主任はみんな知っています」

「あれは古屋の罠《わな》だった。おれはうかつにもその罠にはまってしまった」

「そんな汚《きたな》いことをやる男ですか？」

「それを見抜《みぬ》けなかったのは、おれの不徳《ふとく》のいたすところだ」

新田は、しんみりと言った。

「あの恩知《おんし》らず野郎《やろう》。たたきつぶしてやる」

土井は顔を紅潮《こうちょう》させてどなった。

「ほかにどういうことをやっているのだ？」

新田は不安になってきた。

「校長は、もうすぐ辞める。次はおれだと言いふらしています。そう言われれば、だれだって古ギツネにつきます」

「おれは辞めん！」

新田は、思わず大きい声が出た。

「私にもこう言いました。校長は間もなく辞めるから、いいかげんに番犬は辞めろと」

「君にまでそんなことを言ったのか？　君はなんと答えた」

「私は、どんなことがあっても校長先生をお守りする。指一本触《ふ》れさせないと言いました」

「そうか、よく言ってくれた」

新田は、土井の手をにぎりしめた。

いま、本当に信頼《しんらい》できるのは、この男だけだと思った。

「私がそう言うと、あとで泣くことになっても遅《おそ》いぞと脅《おど》されました」

「君までおれから引《ひ》き離《はな》そうとするのか？」

「ご心配なく。私は絶対裏切《うらぎ》りません。こうなったら、こっちも黙《だま》っていたらやられます。攻撃《こうげき》をしましょう」

「そう言われても、いい手は浮《う》かばん」

「校長先生は、人間が立派《りっぱ》過ぎるのです。人を疑《うたが》うということを知らなかった。それが致命傷《ちめいしょう》です」

「君の言うとおりだ。おれは古屋を信じていた。交際費のことだってそうだ。私がうまくやりますから、と言うので使ったのだ」

「相手はだれですか？」

「教育委員会とか、いろいろだ」

新田は、半分口を濁《にご》した。

プライベートで、クラブに行ったことも一度や二度ではない。

その支払《しはら》いは、全部古屋がやった。どこから金を持ってきたのか、知らないほうがいいと言われて、古屋に任《まか》せておいた。

「古ギツネが、このことをマスコミにリークしたら問題です。こいつは、かっこうのネタですから、ぱっくり食いつくでしょう」

「それは困《こま》る。どうすればいい？」

急に酔《よ》いがさめた。

「古ギツネだって、雪のように真っ白とは思えません。何かやってます。それを見つけて攻撃すれば、おとなしくなります」

「君、やってくれるか？」

「やります。それで校長先生をお救《すく》いすることができるなら」

「頼む、このとおりだ」

新田は、テーブルに両手をついて、頭をつけた。

「やめてください」

土井が困惑《こんわく》している。

新田は、これくらいやればいいだろうと、効果を計算して頭を上げた。

思ったとおり、土井は感激《かんげき》している。

この男を操《あやつ》るのは簡単《かんたん》だ。

「古ギツネをやっつける奥の手があります」

土井の顔が、これ以上ないくらい頼もしく見えた。

「どんな手だ？」

「校長先生は、何もご存じないほうがいいです。うまくいけば、古ギツネを追《お》い払《はら》うことができます」

「そうか」

そうなればしめたものだ。

自然に頬《ほお》がゆるんでくる。

「それでは、私は失礼します」

土井が帰ったあと、新田は古屋のことをどうするか考えていると、なかなか寝《ね》つかれなかった。

翌朝、学校に行くと、土井がいつものように、校長室にあいさつに来た。

「あれから、いろいろ考えた。北原《きたはら》君に、ここへ来るよう言ってくれ」

「わかりました」

土井が出ていって、五分ほどすると北原がやってきた。

「例の件、女子生徒で、気になる者はいませんか？」

新田は、北原のさえない顔を見て、うまくいってないなと思った。

「一人、気になる生徒がいます」

北原は、新田の目を真《ま》っ直《す》ぐに見て言った。

「だれですか？」

「野口《のぐち》ひろ子という生徒です」

「その生徒なら知っています。茶髪《ちゃぱつ》で何度も問題を起こした子でしょう？」

「そうです。彼女は一週間に二度くらいしか登校しません。家庭訪問しても親にも会えません」

「両親は何をしているのですか？」

「親は離婚していて、母親と二人暮《ぐ》らしなのですが、母親はバー勤《づと》めをしていて、ときどき外泊《がいはく》するらしいのです」

「ひどいですな。これでは子供が悪くなるのは仕方ない。野口ひろ子がどうしたんですか？」

「二日ほど家に帰っていないようなのです。ところが、家に行っても、母親もいません」

「母親はどこに行ったのですか？」

「わかりません」

「それじゃ、こちらが心配することはないじゃないですか」

「それが、どうもそうではない気がするのです。もしかしたら、野口ひろ子は死んだかもしれない。そう思えるのです」

「死ぬような兆候《ちょうこう》はあったのですか？」

「いいえ、ありません。ただ友だちの話によると、ひろ子はデートクラブで稼《かせ》いでいたらしいのです」

「デートクラブ？　まだ中学生ですよ」

新田もデートクラブの話は聞いているが、まさか自分の中学にそんなことをしている生徒がいるとは考えていなかった。

というより、考えようとしなかった。

「私もまさかと思ったのですが、どうもやっていたらしいのです。というのは、身分不相応なブランド品などを持っていたそうです」

「信じられん」

新田は、悪いものをふり払《はら》うように首をふった。

「何かトラブルに巻《ま》きこまれたのではないかと考えたのです」

「それはそうだが、確証《かくしょう》があるわけではないでしょう？」

「はい。あくまでも推理《すいり》です。そうでないかもしれません。明日にでも彼女が学校に出てくれば、私の思い過ごしということになります」
「そうなることを祈《いの》りましょう。引きつづき調べてください」
北原が校長室を出て行ったあと、新田は、しばらく壁《かべ》を眺《なが》めていた。
自殺予告の電話、デートクラブ、どちらも対処《たいしょ》をまちがえれば命取りだ。
近ごろ、何もかもうまくいかない。
ふっと自殺したくなることがある。これは初老期うつ病の前兆《ぜんちょう》かもしれない。
気をつけなければいけない、と思った。

3

英治《えいじ》は、携帯《けいたい》が鳴る音を夢うつつで聞いていた。
目をあけて携帯を取ろうとすると、電話は切れてしまった。時間は六時半だった。
こんな時間に、いったいどこのどいつだ。
英治は着信履歴《りれき》を見た。
純子《じゅんこ》からだった。
純子がこんなに朝早く連絡してくるなんて、何かがあった証拠《しょうこ》だ。
英治は、純子の携帯に電話した。

すぐに、「もしもし」という声が聞こえた。

「菊地《きくち》だ」

「寝《ね》てた？」

「うん」

知らずに不機嫌《ふきげん》な声になった。

「ごめん。行方不明《ゆくえふめい》の野口ひろ子に動きがあったの」

「見つかったのか？」

「そうじゃない」

「じゃ、何だ？」

英治は急《せ》かすように聞いた。

「光太《こうた》が説明するわ」

「光太です。昨日、ひろ子から手紙がきたんです」

「君宛《あて》にか？」

「はい。それでまさかと思って昨日の晩《ばん》、自宅《じたく》まで見に行ったんですけど、だれもいませんでした」

「ひろ子の母親もか？」

「いませんでした」

「手紙には、なんて書いてあったんだ？」

「橋口《はしぐち》君　さよなら　ひろ子」

「それだけか？」

「それだけです」

「君はひろ子と仲が良かったのか？」

「いえ、ぼくは特別親しくはありませんでした。仲がよかったのは町田です」

「じゃあ、どうして君宛に手紙を送ったんだろう？」

「わかりません」

光太の困惑《こんわく》している顔が目に見えるようだ。

「このこと、おれ以外のだれかに言ったか？」

「朝丘には言いました」

「朝丘はなんて言った？」

「その手紙はおかしいって」

「なぜおかしいんだ？」

「大して親しくもないぼくに、手紙を書いたことがよくわからないって。それは、ぼくもそう思います」

「ひろ子がヤバイと言ったのは朝丘だろう？」

「そうです」

「その手紙、もしかして遺書《いしょ》じゃないのか？」

「まさか、そんなわけないですよ」

「じゃ、なぜひろ子はいまだに見つからないんだ？」

「朝丘は、だれかに連れ去られたんじゃないかって……」

そう言いながら、光太は顔をひきつらせているに違《ちが》いないと、英治は思った。

光太との電話を切ると、すぐ相原《あいはら》に電話した。

「遺書か……」

相原は、そう言ったきり何も言わないので、英治は、

「どう思う？」

と聞いてみた。

「光太宛の手紙はひっかかるな」

相原も、朝丘と同じことを言った。

「ということは、それは遺書ではないというんだな？」

「そのとおりだ」

相原は、強い口調になった。そう確信《かくしん》しているようだ。

「それなら、家出ということは考えられないか？」

「家出だったら、光太にそんな手紙を書くか？」

「そうだな。たしかに不自然だ」

「ひろ子は、誘拐《ゆうかい》されたのかもしれないぞ」

「誘拐？　おまえも朝丘と同じ意見か。相手はだれだ？」

「デートクラブに行っていたというから、その線じゃないか？」

「自殺予告の電話とのつながりはあるのか？」

「さあ、そこまではわからん。ひろ子と仲がよかったという町田に電話してみたらどうだ？　そのあと電話をくれ」

相原は、そう言って電話を切った。

英治は、町田に電話した。

「もしもし」

という声がした。眠《ねむ》そうな声だ。

「菊地だ。町田君か？」

「そうです」

「光太のところにひろ子から手紙が来たんだ。さよならって一言」

「えっ？」

町田も困惑《こんわく》しているようだ。

「ひろ子とは、光太より君のほうが親しかったそうじゃないか」

「まあ、そうですね」

「ひろ子はまだみつかってないんだ。彼女は、普段《ふだん》どんな子だったんだ？」

「あいつは、突《つ》っぱってるけど、それはさびしいからです。デートクラブをやっているのも、おふくろへの反抗《はんこう》です」

「ひろ子のおふくろって、そんなにひどいのか？」

「うちには、いつも男がいるから帰れないんだって、こぼしていました。あいつは、家に帰れないから、街をほっついているのです。男から金を取っているのもおふくろへの復讐《ふくしゅう》です」

「そうか、そんな彼女の気持ちを君はわかってたんだ」

「そうです。大人は信用できないって言ってました」

英治は、町田とのやりとりを相原に話した。

「矢場《やば》さんに相談してみようぜ。どうせなら早いほうがいい」

相原は、いつもと変わらない。

英治は、矢場の自宅に電話した。

電話口に出たのは、矢場の奥《おく》さんだったが、名前を言って矢場を起こしてもらった。

「いま何時だと思ってる。おれは、まだ三時間しか寝てないんだぞ」

矢場は、まだ半分眠っている感じだ。

「特ダネだよ」

「だめだ、だめだ、その手は食わんぞ」

「すいません。実はぼくらだけではちょっと手に負えないことが起きたんで、電話したんです」

「じゃ、話してみろ」

英治は、事件《じけん》の概要《がいよう》を矢場に話した。

「その野口という子のクラスメイトが、安永《やすなが》の妹と、純子の弟か？」

「そうなんだよ」

「しかし、その電話は君の言うとおり、中学生ではないな」

「そうでしょう？」

「デートクラブの相手がにおうな」

「先生ですか？」

「なぜ教師なんだ？」

「こないだ、その学校のストーカー教師をやっつけたんです」

「にしても、教師がそこまで危険《きけん》なことをやるとは思えん」

「するとだれですか？」

「調べてみる」

矢場は、すっかり目ざめた声になっていた。

4

北原が校長室に入ると、新田と古屋がいた。

「行方不明になっている野口ひろ子から、あなたのクラスの男子生徒宛に手紙が来たそうですね？」

古屋が言った。

「はい」

「自殺をほのめかすような内容だったとか？」

古屋が聞いたが、北原はだまっている。

「野口ひろ子には、自殺する動機がない。そうでしたね？」

新田は、北原の顔を見た。

「はい。およそ自殺とは縁《えん》のない生徒だと思っています」

「それは、どういう理由からですか？」

古屋が聞いた。

「野口はそんなにヤワじゃない。生徒たちもみんなそう言ってます」

「しかし、デートクラブで稼いでいたんでしょう？」

新田が聞いた。

「そうです」

「北原先生、そのことを知っていたんですか？」

古屋の表情がけわしくなった。

「うすうすとは気づいていましたが、こうなってみて、はじめて知りました」

「気づいていながら何もしなかったのですか？」

「何もしなかったわけではありません。何度も確認はしましたが、そのたびに、そんなことはしていないと否定《ひてい》されました」

「素直《すなお》に、はい、やってますと言う生徒はいませんよ。生徒が否定したからといって、それをまともに信じるなんて、それでも教師ですか？」

古屋の追及《ついきゅう》は、北原に反論《はんろん》の余地《よち》を与《あた》えないほどきびしい。

「まあ、そこまで言わなくてもいいでしょう」

新田が、見かねてとりなした。

「野口は家庭に問題があります。母親には会いましたか？」

古屋が言った。

「まだ会えていません。どこにいるのかわからないんです」

「どうせ、男とどこかへ行っているのでしょう」

古屋が、吐《は》き捨《す》てるように言った。

北原が校長室を出て、職員室の自分の席に戻ると、

「どうでした？」

と隣《となり》の席の山内《やまうち》が聞いた。

北原は、光太宛の手紙の内容を山内に話した。

「野口さんは、光太君と仲がよかったんですか？」

「いいえ。仲がよかったのは町田です」

「だとすると、その手紙は変ですね」

「そうなんです。光太宛というのが納得いきません」

「偽装《ぎそう》ということは考えられませんか？」

「偽装？」

「だれかにさらわれて、書かされたとか……」

「だれかって、だれがひろ子をさらうんですか？」

「校長のところに二度、電話がかかってきています。電話をしてきたのが犯人《はんにん》じゃないでしょうか？」

山内は、大胆《だいたん》に推理した。

「でも、あの電話では、修学旅行を中止しろと要求しています」

「だからって、うちの生徒だと言えるでしょうか？」

「え？」

北原は、思わず山内の顔を見た。

「私たちは、あの電話は生徒からかかってきたものと思いこんでいました。けれど、いま野口さんからの手紙が来て、生徒とは断定《だんてい》できない気がするのです」

「しかし、そこまで言い切るのは……」

「これは、私の独断《どくだん》かもしれませんが、彼女のデートクラブの相手の中に犯人はいると思います」

二人が話していると、北原に電話だと、教師の一人が言いにきた。

北原は受話器を取って、

「もしもし北原です」

と言った。

「そちらはたいへんでしょう？」

声を聞いたとたん、矢場だと思った。矢場さんと言おうとしたとき、

「生徒の保護者だと言っておきました。会えませんか？」

「ぼくはいまから家に帰ります。そちらにどうぞ。ではこれで」

北原は、まわりにだれもいないのをたしかめて、電話を切った。

5

矢場は、北原のアパートに出かけた。

「しばらくです」

北原と会うのは、何年ぶりだろうと矢場は思った。

英治や相原が卒業してからは、一度も会っていないことはたしかだ。

「電話のことを、学校は言いませんでしたよ」

矢場が言った。

「もうお聞きだと思いますが、野口はデートクラブに行っていました」

「ええ、聞きました。相手はどんな連中ですか？」

「それは友だちにも聞いてみたのですが、おやじということしかわかりません」

「おやじというのは、どのくらいの歳《とし》ですか？」

「四、五十代ではないでしょうか？　四十代が中心ではないかと思います」

「まさか、学校関係者はいないでしょうね？」

矢場が、じっと北原の目を見た。

「それはありません。教師でありながら、生徒と援助交際《えんじょこうさい》をしているなんて、ばれたら命取りですから」

北原は首を左右にふった。

「しかし、ストーカーはいるじゃないですか？」

「だれに聞きました？」

「取材源を明かすわけにはいきません。しかし、いることは事実でしょう？」

「たしかにいます」

「被害者《ひがいしゃ》は山内先生。そうですね？」

矢場は念を押《お》した。

「そのとおりです。しかし、怖《こわ》い目に遭《あ》わせましたから、もうやってないはずです」

「いまはやめていても、またはじめますよ。ああいう連中は行くところまで行かないと、やめられません」

「しかし、彼がひろ子とデートクラブで会っているなんて考えられません」

北原の声が次第に小さくなった。

「なぜ、大池《おおいけ》であってはならないんですか？」

「別に、はっきりした理由はありません」

「それじゃ、その可能性《かのうせい》もあるわけですね？」

北原は、返事をしなかった。

電話が鳴った。北原は受話器を取ると、

「……それじゃ、私の家に来てください」

と言って、電話を切った。

「ひろ子の母親からです。ひろ子がいなくなってから、ずっと家にいなかったんですが……。すぐに、ここへ来るように言いました」

「私がいてもいいですか？」

矢場が聞いた。

「どうぞ。ただし、ぼくの友人としておねがいします」

「もちろんです。北原さんにご迷惑《めいわく》はかけません。母親の名前はなんというんですか？」

「たしか、エイ子といいました。栄《さか》えるの栄《えい》です」

栄子は、それから二十分ほどしてやってきた。

ドアをあけて入ってきたとき、その場に泣きくずれるかと思ったが、そんな気配はまったくなかった。

矢場を見て、けげんそうな顔をしたが、北原が友だちだと言うと、何も言わず部屋に上がりこんだ。

「あのバカ、何日もどこをほっつき歩いてるんだ」

床《ゆか》の上にべったりと腰《こし》をおろすと、溜《た》まっていたものを吐き出すように言った。

「何か思い当たることはないですか？」

「私は知りませんよ。あいつとは、ほとんど口きいてないんだから。それを先生に聞きたいと思ってやってきたんですから」

「私にはわかりません」

北原は首をふった。

「わからない？　あんた、それでも先生なの？　いなくなった原因《げんいん》は学校にあるにちがいないんだ。それがわからないなんて、無責任じゃないの。問題だよ」

栄子の目はすわっている。北原に怒《いか》りをぶちまけることによって、自分の心の奥底《おくそこ》からこみ上げてくる空《むな》しさや悔《くや》しさや怒《いか》りをまぎらわそうとしているのかもしれない。

おそらくこの女は、母親として何もしてやらなかったにちがいない。

矢場はそう思った。

「申しわけありません」

北原は頭を下げた。

「申しわけないですむかい。私の大切な娘《むすめ》がいなくなったんだよ。どうしてくれるんだい？」

栄子は、支離滅裂《しりめつれつ》である。

北原の腕《うで》をつかんで揺《ゆ》さぶった。

「お母さん」

矢場は、たまりかねて声をかけた。

「お怒りになる気持ちはわかりますが、これは北原先生や学校だけが悪いんじゃありません」

「それじゃ、私が悪いというのかい？」

栄子は、矢場に食ってかかってきた。

その瞬間《しゅんかん》、矢場はかッとなった。

「そのとおりです。あなたは、一昨日《おととい》と昨日、どこにいましたか？」

「どこにいようと、そんなこと、あんたに言う必要はない！」

「あんたは、男と一緒《いっしょ》にいたんでしょう？」

「男と一緒にいて、どこが悪い？　え、どこが悪いか言ってみなよ」

そう開き直られて、矢場は一瞬たじろいだ。

「男と一緒にいるのが悪いと言ってるんじゃない。一度でも娘に愛情をかけたことがあるのかって言ってるんだ」

「それは、私とひろ子の問題だよ。他人が口をはさむ問題じゃない。そういうのを、余計《よけい》なおせっかいっていうんだよ」

栄子は、口からつばを飛ばしてまくしたてる。

「それじゃ聞くけど、あんたは本当に娘を愛したと思ってるのか？」

「思ってるに決まってるだろう。私は母親だよ。母親が子供を愛するのは当たり前だよ」

「母親だったら、娘のしていることは何でも知っているはずだ。デートクラブに行っていたことも知ってるだろうね？」

「デートクラブ？　ひろ子がそんなことをするわけない。うそだ！」

栄子の表情が変わった。

「してたんだ。ちゃんと事実がある」

「そんなことするわけない」

栄子が黙《だま》ってしまったのを見て、矢場は、言い過ぎたことを後悔《こうかい》した。

「いまはまだなんとも言えないけど、ひろ子さんの失踪《しっそう》には、わからないことがいっぱいある。でも、必ず見つけ出します。だから、北原先生を責《せ》めないでほしいんです」

栄子は、放心したようにうなずいた。

「あなたもさぞかし辛《つら》いでしょう。それを無視《むし》して、言いたい放題のことを言ったことをあやまります。許《ゆる》してください」

矢場が頭を下げると、はじめて栄子の目に涙《なみだ》が浮《う》かんだ。

6

「もし、もし。川合です」

電話の声を聞いたとたん、山内は激《はげ》しい動悸《どうき》がしてきた。

「いまどこにいるの？　元気？」

興奮《こうふん》して声が上ずった。

「元気です。平泉で光堂を見ました」

「どうだった？」

「思ってたほどよくなかった。なあんだって感じ。だって、ガラスの箱の中に入ってるんだもん」

「五月雨《さみだれ》の降り残してや光堂、って感じじゃなかった？」

「全然。あれじゃなんにも浮かんでこないよ。でも中尊寺はよかった」

「月見坂を登ったの？」

「うん、すごい杉並木。あのお寺にいると、東京のことも中学のこともみんな忘れちゃった。小せえ、小せえって感じ」

「そうね、それが旅のいいところよ。私も一緒に行きたかったわ」

わずらわしい東京を逃《のが》れて、一人で旅をしてみたい。それは、山内のほんねであった。

「一緒に行こうって、先生に言えばよかったな」

無口な川合がこんなにしゃべるということは、精神が昂揚《こうよう》している証拠だ。

「いま、どこから電話してるの？」

「他人《ひと》の家からだよ」

「だれか、知っている人がいるの？　親戚《しんせき》？」

「ちがう、全然知らない人。中尊寺で会ったんだよ。家に来いと言われて、ついてきちゃったんだ」

「へえ、いいわね。そこ、どこ？」

「山形」

「山形にいるの？」

「中尊寺で会った人が山形の人なんだよ」

「それじゃ、その方のおたくから電話してるの？」

「そうなんだ。ぼくが奥の細道を歩いていると言ったら、その人も夫婦《ふうふ》で歩いてるんだって。もうおじいさんとおばあさんだよ」

「よかったわね。ついてるじゃない？」

「そうなんだ。先生、山寺《やまでら》へ行ったことある？」

「立石寺《りっしゃくじ》ね、あるわ。学生時代に。山形から仙山線《せんざんせん》に乗《の》り換《か》えて行ったわ」

立石寺は、山形市街の北東にある天台宗の寺院で、山寺というのが通称《つうしょう》である。


「山形領《りょう》に立石寺《りふしやくじ》と云《いふ》、山寺有《あり》。慈覚大師《じかくだいし》の開基《かいき》にして、殊清閑《ことにせいかん》の地也《なり》。一見すべきよし、人々のすゝむるに依《より》て、尾花沢《をばなざは》よりとつて返し、其間《そのかん》七里計《りばかり》なり。日いまだ暮《くれ》ず。麓《ふもと》の坊《ばう》に宿かり置《おき》て、山上の堂に登ル。岩に巌《いはほ》を重《かさね》て山とし、松柏《しょうはく》年ふり、土石老《おい》て、苔《こけ》なめらかに、岩上《がん》の院々扉《とびら》を閉《とぢ》て、物の音きこえず。岸をめぐり、岩を這《はひ》て、仏閣《ぶっかく》を拝《はい》し、佳景寂莫《かけいじやくまく》として、こゝろすみ行《ゆく》のみ覚ゆ。

閑《しづか》さや岩にしみ入蟬《いるせみ》の声」

と奥の細道にある。

「山門から奥の院までの石段《いしだん》を登ったの？」

「登ったよ。千段もつづいてた。中尊寺もよかったけれど、山寺もよかった」

「殺生石《せっしょうせき》から、ずいぶんまわったわね」

「一人で旅するのっていいね。今度やってみてはじめてわかったよ。いろんなものを見られるし、いろんな人に会える。死にたくなくなるよ」

「いい人に会えてよかったわね」

「ぼくが孫みたいだって。ここの家のおじいさんとおばあさん、子供が病気で死んじゃって、二人だけで暮らしてるんだけど、かわいそう。だからぼくに、家の子になれって言うんだけど、そういうわけにはいかないよ」

「それはそうね。野口ひろ子さん知ってる？」

「知ってるよ。ああ見えて、意外にいいやつなんだ」

「あの子がいなくなったのよ」

「そうなの？」

「私、とても心配してるの」

「あいつ、死んだりはしないよ。どこかに遊びにでも行ったんじゃない？」

「それならいいけど……。ねえ、修学旅行まであと一週間。それまでには帰ってくるでしょう？」

「わからない」

川合の声がくもった。

「一緒に修学旅行に行こうよ。もう、だれも川合君のこといじめたりしないから」

「考えておくよ」

「また、電話してね？」

「うん」

川合の電話は、そこで切れた。

受話器を置くと同時に電話が鳴った。

もう一度受話器を上げると、

「ずいぶん、長い電話でしたね」

と北原の声が聞こえた。

「川合君から電話があって、いろいろ話してたんです」

「そうですか、どうでした？」

北原の声がはずんだ。

「元気でしたわ」

山内は、電話のやりとりを北原に話した。

「それなら安心ですね。ほっとしました」

いかにも安堵《あんど》した声だった。

「川合君は、奥の細道が好きだったからよかったんだと思います」

「先生のおかげです」

「いいえ、芭蕉のおかげです」

山内は、そう信じている。

「野口の母親がぼくの家にやってきていろいろ話してくれました」

「お母さん、どうでした？　悲しんでました？」

「意外なほど醒《さ》めていました」

「どうして？　愛してなかったのかしら？」

「口では愛してると言っていましたが、最近の母親を見ていると、本当に子供を愛しているのか、疑《うたが》わしくなります」

「野口さんの母親は特別ですわ。大抵《たいてい》の母親は、小さいときから塾《じゅく》へ行かせたり、おけいごとをさせたり。もう子供べったりですわ」

「それが母親の愛情だと思いますか？」

「愛情でないとおっしゃるんですか？」

「塾へ行かせたり、けいごとをさせたりするのは、よその子に負けたくないからさせるのです。これは親の見栄《みえ》であって、愛情ではありません。本当に愛情があるなら、もっと別の子育てがあるはずです。彼らは誤解《ごかい》してるんですよ」

北原の声は、だんだん熱を帯《お》びて高くなってきた。

「でも、子供を愛さない親はいないと思うんですけれど」

「ぼくもそう思っていました。母親が子供を愛し、育てるのは本能だと。しかし、最近は、子育ての本能の欠落している母親がいます」

「なぜでしょうか？」

「なぜなのか？　子供が少なくなったためなのか、それとも情報が過多で、自分自身を見失ってしまったのか。子供たちも、ぼくが駈《か》け出しのころとはすっかり変わってしまいました。あのころは、子供と一緒に遊んだりしました。休みになると、子供がぼくのアパートに遊びにきて、一緒にハイキングや野球なんかやりました」

「最近はどうですか？」

「全然来ません。ぼくが遊ぼうと声をかけても、服が汚《よご》れるとか、体が疲《つか》れるとか言ってのってきません。それに生徒を遊ばせたりしたら、親から、勉強の邪魔《じゃま》をする悪い先生という烙印《らくいん》を押されてしまいます」

「遊ぶのって、そんなに悪いことでしょうか？」

「そんなはずはないです。子供から遊びを取ったら何が残るというんです？　勉強？　とんでもない」

「教師がそんなこと言ったら、問題ですよ」

山内は、北原と話していると、これまでもやもやしていたものが、すっきりと晴れて、爽快《そうかい》な気分になってきた。

「いまいい子といわれている連中は、勉強ができて偏差値《へんさち》の高いやつです。こいつらは、きっといい高校に入り、いい大学を出てエリートになるでしょう。こざかしくて、弱い者はばかにし、ぼろは出さず、人に勝つことしか考えない。そして登りつめると悪いことをする。こんな連中が次の日本をリードしたら、いったいどんな国になるんですか？」

北原は、ますますエスカレートしてきた。

山内は受話器を耳から離《はな》した。

「北原先生のおっしゃること、よくわかります」

「ひろ子は、たしかに問題のある子です。しかし、自ら死を選ぶようなことは絶対にしません」

「そうですよ」

「ひろ子は山内先生がおっしゃったように、誘拐されたのです。ぼくは必ず彼女と彼女をさらった犯人を見つけ出します」

「私も、お手伝いさせてください」

こんなに熱っぽい会話をしたのははじめてだった。

北原の怒りが山内にも伝わってきて、胸が締《し》めつけられるように痛《いた》くなった。

電話を切ったあとも、まるで熱にうかされたように、頬《ほお》が上気していた。

V 出雲崎《いずもざき》へ

Eiji Kikuchi

1

英治《えいじ》と相原《あいはら》は北原《きたはら》と一緒《いっしょ》に、『来々軒《らいらいけん》』にラーメンを食べにきて、北原と山内《やまうち》の電話を聞いていた。

北原は、携帯《けいたい》電話を置いてから、しばらくぼんやりしていた。

「先生」

英治は、北原に話しかけるのにちょっと気がひけた。

「いまの話は本当ですか？」

「おれはそう確信《かくしん》している」

「じゃ、警察《けいさつ》に話したら？」

「いまの段階《だんかい》ではできない。だから、君たちにも手伝ってほしいんだ」

「ぼくらが、ひろ子を救《すく》い出《だ》すんですか？」

「そうだ。それができるのは、君たちしかいない」

「やりますよ。なあ」

英治が、相原を見ると、

「ああ、あんなに熱っぽい話を聞かされたんじゃな」

相原が言った。

「そうか。君らはわかってくれるかもしれないが、いまの中学生は、ああいう話し方をすると、そっぽを向いてしまう」

「どうして？」

英治が聞いた。

「まじめな話は、生理的に反発するんだ」

「おれたちだって、校長のくさいお説教はかんべんしてって言いたいけど、先生の話は、それとはちがう心を揺《ゆ》さぶるものがある」

相原が言った。

「そう感じるのは、君たちが成長したからだ」

北原は、さっきとうって変わって、静かな口調になった。

「いまは、軽くて、やわらかいものが好かれるんだ。食べ物だってそうだろう？」

北原にそう言われてみると、たしかに、軽くてやわらかく、口あたりのいい食べものが多いことに気づいた。

「テレビだってそうだ。毎日がお祭り騒《さわ》ぎじゃないか。世界には、戦争している国も、飢《う》えている国もあるというのに、日本だけはうかれている。こんなことが、いつまでもつづくと思うか？」

「先生の言いたいことはわかります」

相原が言った。

「いま中学生の夢といえば、勉強していい高校に入り、いい大学を出てサラリーマンになることしかない」

「社長になりたいとは言わないんですか？」

「言わないな。努力するのは十八歳《さい》までで、そのあとは気楽に生きていこうという考えだ」

「どうして、そんなふうになっちゃったんですか？」

英治が聞いた。

「子供って、大人の縮図《しゅくず》だ。大人の悪がしこいやつがえらくなるとなれば、子供も悪がしこくなる。そうなれないやつは、人生を投げてしまうのだ」

「空《むな》しい話だな」

「いまの子供は、物質的には一応満たされている。しかし、何かやりたいというものがないから、心は空虚《くうきょ》なんだ」

「夢を持てなきゃさびしいよ」

「昔の日本人は、たとえ貧乏《びんぼう》でも、正直な人間を尊敬《そんけい》する風潮《ふうちょう》があった。しかし、いまは、正直で貧乏な父親よりも、悪いことをして金を稼《かせ》ぐ父親のほうを尊敬する」

「たしかに、それは言える。しかし、考えると暗くなるな」

英治は、だんだん気分が滅入《めい》ってきた。

「相原、君は何になるつもりだ」

北原が聞いた。

「ジャーナリストです」

「そうか、君らしいな」

「来年高校を卒業したら、アメリカに行って、英語を勉強してから、アメリカの大学に入るつもりです」

「世界中を飛びまわろうというわけか?」

「そうです」

相原の目は生き生きとしている。

「菊地《きくち》は何になるんだ?」

「ぼくですか? まだ決めていません」

英治は、答えるのが、ちょっと恥《は》ずかしかった。

「中学の教師になれ」

だしぬけに北原が言った。

「えッ、先生ですか?」

英治は聞き返した。

「なんで、そんな顔をする？」

「まったく考えてもいなかったので、びっくりしたんです。こういうのを青天《せいてん》のへきれきというのかな？」

「君は教師に向いている」

「そうかな……自分ではわかりません」

英治は首をかしげた。

「いまも言ったように、君たちの頃《ころ》とくらべると、子供たちはおそろしい勢《いきお》いで減《へ》っている。それと同時に、子供たちも変わった」

「変わったことは、今度中学生とつき合ってみてわかりました。みんなシラけてる」

「変わったのは、中学生ではない。小学生だ」

「小学生ですか？」

「いま小学校に入ってくる生徒は、親の過保護《かほご》で育てられている。それぞれ家庭では王様だ。王様が集まって集団生活をするのだから、うまくいくわけがない。教師の言うことなんか聞かない、まるで野獣《やじゅう》みたいな連中だ」

「そんな連中が相手じゃ、先生はたいへんですね」

相原が言った。

「高学年になると、教室の中で暴《あば》れまわり、授業なんか聞こうとしない。移動教室にも行かない」

「勉強やる気なくしたんですか？」

「勉強は塾《じゅく》でやる。学校は息抜きをするところだから、授業なんて聞く必要を感じていないんだ。親も、教師を信用していないから、始末が悪い」

「それじゃ、学校崩壊《ほうかい》じゃないですか？」

相原が言った。

「そのとおりだ」

「野獣には野獣のようなしつけ方があるでしょう？」

英治が言った。

「そう思って、へたに手を出したら、親からつるし上げられる。だから教師は手も出せない。そのことを連中は知っているから、教師を無視《むし》している。ばかにするなら、まだ教師の存在を意識しているのだが、無視は存在《そんざい》を認《みと》めないんだ」

「じゃ、教師もそういう生徒を無視ですか？」

「情熱を持って教師になった女の先生で、絶望して辞《や》めてしまう人も少なくない」

「それがいまの小学生ですか？」

「そうだ。こういう連中が中学に入ってくるのだから、ハンパな気持ちではやってられない」

「きびしくなりましたね」

「きびしいからやりがいがあると思わないか？　ネバーギブアップ。君らの好きな言葉だ」

「きびしいことから逃《に》げようとは思っていません。ただ……」

「ただ何だ？　中学の教師なんかより、もっとすてきな仕事があると思うのか？」

「そうではなくて、ぼくに子供を教える能力があるか、どうか。それを考えているのです」

「技術はやっていれば次第にうまくなる。問題は心だ。こういう悪ガキを、ちゃんとした人間に育て上げることに、情熱を注《そそ》げるかどうかだ。将来《しょうらい》の日本にとって、そういう教師がどうしても必要なんだ」

「たしかにそのとおりだと思います」

英治はうなずいた。

「中学の教師は、一生を懸《か》けるに足りる職業だ」

北原の熱っぽい言葉は、英治の眠《ねむ》っていた心を揺《ゆ》り動かした。

「おまえだったら、いい教師になれそうだ」

相原が言った。

——教師か。

「考えておきます」

英治は、はじめて自分の将来のことを考えた。

もう、そういう時期が来ているのだ。

「先生、ラーメンがのびちゃった。取《と》り替《か》えましょうか？」

純子《じゅんこ》がやってきて言った。

「いい。もったいない」

北原は、慌《あわ》ててラーメンをかきこみはじめた。

「悪いことしちゃったな。先生にしゃべらせて」

英治が言うと、

「おれって、のりだすと止まらなくなるんだ。君のせいじゃない」

北原は、食べるのが早い。もう半分以上なくなっていた。

「先生」

純子が言った。

「なんだ？」

「どうして結婚《けっこん》しないんですか？」

「どうしてかな？」

「結婚してくれる人がいないんだよ」

英治が言った。

「まあ、そういうところだ」

どんぶりは、ほとんど空《から》になった。

「だれかに、プロポーズしたことあるの？」

純子が言った。

「ない」

「私が、かわりに言ってあげようか？」

「だれに？」

北原は顔を上げた。

「山内先生よ。わかってるくせに」

「悪いじょうだんを言うな」

北原は、明らかに慌《あわ》てている。

「先生、山内先生のこと好きでしょう？」

「それは……好きだ」

「山内先生も、先生のこと好きよ」

「そんなこと、どうしてわかる？」

「私は女だからわかるのよ。早くプロポーズしなさい。いまがチャンスよ。もたもたしてたら、だれかにさらわれちゃうわよ」

「ありがとう。おれはいい生徒を持って幸せだ」

北原は、まんざらでもない顔をした。

2

土井《どい》は、教頭の古屋《ふるや》をやっつけると、校長の新田《にった》に宣言《せんげん》した。

いつもそうなのだが、土井は勢いで大言壮語《たいげんそうご》してしまい、あとで後悔《こうかい》することが、これまでにも何度もあった。

どうやって古屋をやっつけたらいいか、考えてみたが、いい手は何も浮《う》かばない。

体をつかうことは得意だが、頭をつかうことは不得手《ふえて》なのだ。

これは、一人でやるよりは、だれかに相談したほうがいい。

しかし、教師の半分以上は古屋に懐柔《かいじゅう》されてしまっているから、へたに計画を打ち明けるわけにはいかない。

そういう権力闘争《けんりょくとうそう》に無縁《むえん》なのは女である。

山内に相談してみようと思った。

土井は、山内がこの中学に入ってきたときから目をつけていた。一目惚《ひとめぼ》れといってもいい。

しかし、山内に近づくきっかけがなかった。

武闘派《ぶとうは》の土井と山内では、あまりにも違《ちが》いがあり過ぎる。

そうしているうちに、いつしか山内に関心はなくなっていた。

「今日の帰り、ちょっとつき合ってくれませんか？」

土井は、昼休みのとき、山内に言った。

「え？」

山内は、びっくりした顔で土井を見た。

「学校のことで、ちょっと相談があるのです」

「それでしたら、けっこうですわ」

学校のことだと言えば、山内は断《ことわ》らない。土井の思ったとおりだ。

その日の帰り、土井は駅前の喫茶店《きっさてん》に山内をつれていった。

「ここは、よくいらっしゃるんですか？」

山内が聞いた。

「ええ、この二階からは駅がよく見えるでしょう。駅前にたむろしている不良を監視《かんし》するには絶好の場所なのです。この窓際《まどぎわ》の席は、ぼくの定席です」

「学校が終わってからも、生徒のことを考えるなんて、私にはとてもまねできませんわ」

ほめられているのか、皮肉を言われているのかわからないが、それは、どうでもいいことだ。

「学校のことって何でしょうか？」

山内は、コーヒーを注文すると、さっそく事務的に切り出した。

表情も固いし、愛想もない。雑談をする余裕《よゆう》もあたえない態度《たいど》だ。

「修学旅行のことです」

「電話の件《けん》ですか？」

「ええ、それと野口《のぐち》ひろ子の失踪《しっそう》の件です。校長から調べるよう命じられました。そのことで、先生にお聞きしたいのです」

「何をお知りになりたいのですか？」

「この二つの関連についてです」

「それは私にはわかりません」

まるで、取りつく島のない答えだ。

「少しは何かご存じでしょう？」

「それは、北原先生にお聞きになったら？　私は知りません」

「そうですか」

山内と話していると、会話がはずまないから、すぐに終わってしまう。

「教頭先生と校長先生の仲を、どう思われますか？」

「別になんとも思っておりません」

「教頭から、先生のところに話はありませんか？」

「話って何ですか？」

「自分の仲間になれという誘《さそ》いです」

「全然ありません。それが何か？」

こうなったら、単刀直入《たんとうちょくにゅう》に言うしかない、と土井は思った。

「先生はご存じないかもしれませんが、教頭は校長先生を追い落とそうとしています。そのために、かなりあくどいことをやっているのです」

「全然知りませんでした」

「教頭が校長に、公然と反旗《はんき》をひるがえすことは許《ゆる》せないことだと思いませんか？」

「私は、そういうことには関心がないので、なんともお答えできません」

山内は、さっきからまったく表情を変えない。まるで石像みたいだ。

「私は校長をお守りしなくてはなりません。そのためには、教頭の首を取らなくてはと思っているのです」

「首を取るって、殺すことですか？」

「まさか……。人殺しはやりません。学校から追放することです。彼《かれ》はうちの学校のガンです。ガンは切除《せつじょ》しなければなりません」

山内は聞いているのかいないのか、何も言わない。

「教頭に言ってください。土井が首を狙《ねら》っていると」

「そういうことは、私には言えません。ご自分でおっしゃったら」

山内は、はっきり断った。

「そうですね、そういうことにしましょう」

土井は、そう言わざるを得なくなった。

「では、私はこれで失礼させていただきます。お役に立てなくてすみませんでした」

山内は、席を立つと入り口に歩いていった。

一人取り残された土井は、憮然《ぶぜん》たる思いで駅前を眺《なが》めた。

あの女に頼《たの》んだのはまちがいだった。しかし、教頭の首を取るといった言葉は、きっとだれかに伝わるにちがいない。

そうすれば古屋にも伝わる。そのとき、古屋がどう出てくるか？

そろそろ夕暮《ゆうぐれ》に近づいてきた。

駅前の広場に、高校生らしい女子が何人か集まっている。

その中の一人が携帯《けいたい》電話で何か話している。あれは、今年卒業した島本真紀《しまもとまき》だ。

真紀は、何度も補導《ほどう》したことがあるから知っている。

電話を切った真紀は歩き出した。

喫茶店を出た土井は、真紀のあとをつけた。

真紀は、真っ直《ます》ぐ歩いていく。そのままあとをつけていくと、角を二つほど曲がり、病院へ入っていった。

――病気か、それとも見舞《みま》いか。

思いちがいだったのかと、がっかりして真紀の後《うし》ろ姿《すがた》を眺めていると、真紀は病院へは入らず、駐車《ちゅうしゃ》している黒い車に乗った。

土井はその車をどこかで見たことがあるような気がした。

すると、すぐ黒い車は駐車場から出ていく。土井は、慌てて車のナンバーを手帳にメモした。

こんなところで待ち合わせるとは、手のこんだことをやるものだ。

土井は、病院をあとにした。

そのとき、もう一人の男が車と土井を見ていたことを、土井は気づかなかった。

その翌日《よくじつ》、学校に行った土井は、職員駐車場に駐《と》めてある車のナンバーを調べた。

その中に、きのう病院で見た車のナンバーがあった。

思ったとおり、教頭の古屋の車だった。

土井が校長室に入ると、校長の新田は、所在《しょざい》なげに窓の外を眺めていた。

「校長先生、やっとしっぽをつかまえました」

土井は、新田の背中《せなか》に話しかけた。

「そうか」

新田がふり向いた。

「昨日、古ギツネが高校生をつれ出すのを目撃《もくげき》しました」

土井は、昨日見たことを新田に話した。

「どうして古屋だとわかったのだ？」

「今朝古ギツネの車を見ましたら、ナンバーはぴったりです」

「そうか」

新田は満足そうにうなずいた。

「その女子高生というのが、今年うちの中学を卒業した島本真紀です」

「島本なら、私も知っておる。高校に入ってますます悪くなったな」

「悪いのは古ギツネのほうです」

「そのとおりだ。教師として弁解《べんかい》の余地《よち》のない行為《こうい》だ」

「これで、やつの首は取ったようなものです」

土井は、鼻高々だった。

「しかし、窮鼠猫《きゅうそねこ》を嚙《か》むということわざがあるからな。気をつけないと、やつと無理心中させられることになる」

新田は、気が小さい。つまらないことで心配している。

「その点はご安心ください。ぬかりはありません」

「くれぐれも用心してやってくれ」

「わかりました」

土井は、校長室を出て職員室をのぞいた。古屋が大池《おおいけ》と話している。

それを横目に見ながら、校門を出ると、近くの公衆《こうしゅう》電話を見つけて、学校に電話をかけた。

「教頭先生をおねがいします。私はこの学校でお世話になった生徒の父親です」

土井は、声を変えて言った。

「ちょっとお待ちください」

電話に出たのは北原らしいが、土井とは全然気づいていないようだ。

少し待っていると、

「古屋です」

という声がした。

「先生、まずいことをやらかしましたね」

声をつぶし、だみ声で言った。

「え？」

「え、じゃないですよ。昨日、病院の駐車場で女を車に乗せたでしょう？」

「そ、それは、病気の子供を運んだだけです」

古屋が狼狽《ろうばい》している様が、手に取るようにわかる。

「病気の子供？　その子はいくつですか？」

「十二歳《さい》です」

「どういう関係ですか？」

「あなたに、そんなことを言う理由はない。あなたはだれですか？」

「あんた、態度《たいど》がでかいぜ。首が飛ぶかもしれないっていうのに」

「どういうことですか？」

「あんたが車にのせた女だよ、病気だって？　じょうだんじゃない。おれは、その女のあとをつけて病院まで行ったんだよ。女は病院には入らずに、駐車場に駐めてあるあんたの車に乗った。ちゃんと写真も撮《と》ってある。女の名前と車のナンバーを言おうか？」

「あなたの目的は金ですか？」

古屋の声が変わった。

「まあ、そういうことだ？」

「いくらですか？」

急に声をひそめた。

「一千万ってところかな」

「そんな……。とても、そんなお金はありません」

「退職金を担保《たんぽ》に銀行から借りればいいだろう。もっとも、このことが公《おおやけ》になれば、懲戒免職《ちょうかいめんしょく》だから退職金は出ないが……」

「おねがいします。その十分の一にしてくれませんか？」

「一割《わり》とは、よく値切《ねぎ》ったもんだな。だめだよ」

「では、どのくらいならよろしいでしょうか？」

いつも横柄《おうへい》な古屋が哀願《あいがん》するのが痛快《つうかい》だった。

「一千万、びた一文《いちもん》欠けてもだめだ。明日にでも退職願いを出して、辞めるんだな。そうすれば退職金がもらえるだろう」

「そんなひどいこと言わないでください。私は三十年も働いてきたのです」

古屋は、涙声《なみだごえ》になった。

「いや、おまえみたいな助平《すけべえ》じじいには、お灸《きゅう》をすえなくてはならん。自業自得《じごうじとく》だ」

「悪いと思っています。どうか助けてください。おねがいします」

「また明日電話する。それまでよく考えておくことだ」

土井は電話を切ると、学校に戻った。

職員室に入ると、古屋が青ざめた顔で、茫然《ぼうぜん》といすにすわっていた。

目は、どこを見ているか焦点《しょうてん》が定まらない。

「教頭先生」

と呼《よ》びかけてみたが、返事をしなかった。

土井は校長室に入った。

「校長先生、古ギツネの顔を見てください。まるで魂《たましい》がぬけたようです」

「そうか」

新田の頬《ほお》がゆるんだ。

「ＫＯ《ケーオー》は時間の問題です」

3

『来々軒』に、朝丘《あさおか》、町田《まちだ》、三原《みはら》、恵子《けいこ》、弥生《やよい》の五人がやってきて個室に入った。

時計は午後八時。ようやく店の中は客がいなくなった。

英治、相原、ひとみ、安永《やすなが》が前後してやってきた。そのあとに、有季《ゆうき》と貢《みつぐ》も来た。

「悪いな。個室を占領《せんりょう》しちゃって」

英治は、純子に言った。

「いいのよ。どうせ空《あ》いてるんだから。うちはラーメン屋、中華料理店じゃないんだから、個室で食べるお客なんていないよ」

純子が言った。

「どうして造ったんだ？」

英治が聞いた。

「個室のある中華料理店にしたいってのが、おやじのささやかな夢」

「そのうち、子供たちがみんな大きくなったら、立派《りっぱ》な中華料理店になるさ」

「そのとおり。菊地《きくち》君はいいことを言う」

父親の義介《よしすけ》がやってきて、英治の肩《かた》をたたいた。

英治たちが個室に入ると、

「では、いまから朝丘が昨日目撃《もくげき》したことを報告します」

と光太が言った。

「昨日の夕方、板井《いたい》病院の近くを歩いてたんだ。すると古屋が車で病院に入っていく。おやっと思ってあとをつけた」

「古ギツネ、病気なのか？」

三原が聞いた。

「そう思って見てると、古屋の車は駐車場に駐まったまま、中から出てこないんだ」

「だれか待ってたんだ」

「おれも、そう思って見てた。そうしたら、おれたちの先輩《せんぱい》の島本真紀がやってきた」

「私、知らない。その人」

恵子が言った。

「知らないのは恵子ぐらいのもんだ。あいつはスケバンだったからな」

朝丘が言うと弥生が、

「私なんて、あの人が来ると目を合わせないように、こそこそ逃げたもんよ」

と言った。

「島本がやってきたと思ったら、そのあとからだれがやってきたと思う？」

「そんなこと知らねえよ。じらさずに教えろよ」

町田が苛《いら》ついて言った。

「体育の土井だ。土井は、島本のあとをつけてきたらしい」

「土井は、なんであとをつけたりしたの？」

弥生が言った。

「そいつは知らねえ。島本だけど、駐車場の古屋の車に乗りこんだんだ」

「ええッ」

全員が声を出した。

「すると、車は駐車場を出ていった。土井はそれをぼけっと見送ってた」

「ふーん、それ、どういうことだ？」

光太は、弥生と顔を見合わせた。

「土井と古屋は仲がいいのか、悪いのか？」

英治が聞いた。

「悪いです。土井は新田の番犬だから」

「土井は、島本のことを知ってるのか？」

「もちろんです。土井は島本を何度も補導してました」

「古屋も知ってるな？」

「知ってます」

「なんで、古屋の車に島本がのこのこ入っていったんだ？」

光太《こうた》が言うと、町田が、

「援助交際《えんじょこうさい》でもしてるんだろう」

と言った。

「教頭が、自分の教えた生徒と援助交際なんかやっていいの？」

ひとみが、目を大きくして驚《おどろ》いている。

「断定はできないけど、あの様子では、そうとしか考えられません」

朝丘が言った。

「そうなると、土井は大喜びだな。古ギツネのしっぽをつかんだようなもんだぜ」

町田が、にやにやしながら言った。

「君は、土井のこと好きか？」

英治が聞いた。

「好きなわけないっすよ、あいつには何度なぐられたかわかんないよ。卒業のときには、オトシマエをつけてやらなきゃ」

にやにやしていた町田の顔が、急にきびしくなった。

久美子《くみこ》が、高校生らしい女をつれて入ってきた。

「この人、島本真紀さん」

久美子が紹介《しょうかい》すると、真紀は、

「島本真紀です」

とぶっきらぼうに自己《じこ》紹介した。

話に聞いたときは、茶髪《ちゃぱつ》のいかれた高校生と思っていたが、ふつうの、どこにもいそうな高校生だった。

「なんだ、まじめそうに見えるじゃんか？」

英治は、純子に小声で聞いた。

「茶髪にしたら目立つでしょう。それじゃ商売にならないから、ふつうにしてるのよ」

なるほどと思った。

「きのう、病院から古ギツネとどこへ行ったんだ？」

英治が聞いた。

「カラオケボックス。デートしてあげただけだよ」

「いくらもらった？」

「一万円。あいつケチだからそれしか出さないのよ」

「そうか。きのう家に帰ったか？」

「帰ってない」

「学校に行ったか？」

「行ってない」

「君、携帯《けいたい》持ってるだろう」

「うん」

「古ギツネから連絡《れんらく》なかったか？」

「あったよ、連絡くれって」

「連絡したのか？」

「うん」

「なんて言った」

「今夜会いたいって。でも今夜はつごう悪いって断った。そうしたら明日会いたいって」

「どうして、会いたがってるか知ってるか？」

「知らない」

真紀は首をふった。

「君が古ギツネの車に乗ったところを、土井に見られてるんだ」

英治が言った。

「そうだってね。いま聞いた」

「古ギツネは、きっと土井に脅《おど》されてる。だから、君に口止めするつもりなんだ」

「汚《きた》ねえやつたち。なんて言えばいいの？」

「さあ、古ギツネはなんて言うかな？」

「土井は、君に会いにくると思うな」

相原が言った。

「あんなやつ、会いたくないよ。来たら追い返してやる」

真紀は、吐《は》き捨《す》てるように言った。

「君、野口《のぐち》ひろ子を知ってるか？」

相原が聞いた。

「知ってるもなにも、私の子分だもん。おふくろがムカつくって言うから、ウサ晴らしにデートクラブでもどうだって誘《さそ》ったんだ」

「そうか、それならいなくなったと聞いたとき、驚いたろう？」

「あれはいなくなったんじゃない。誘拐《ゆうかい》されたんだよ」

真紀は、はっきりと断定《だんてい》した。

「なぜそう思う？」

「あの子、面倒《めんどう》なお客がいるって悩《なや》んでたんだ」

真紀は申しわけなさそうに唇《くちびる》をかんだ。

「そうなると、犯人《はんにん》はそのお客か？」

「きっとそうだよ」

「どんなやつとつき合ってたか、知ってるか？」

「大体は話してくれたけど、全部じゃないと思う。そういえばあの子、手帳につけてたはずだよ」

「ヤバイ客もあったのか？」

「ヤクザに脅されて、一銭《いっせん》にもならなかったってぼやいてた。それは、私も経験《けいけん》あるけどね」

「もしかして、古ギツネとつき合ってなかったか？」

英治は、ふいに閃《ひらめ》いて聞いた。

「古ギツネは、私のお客だからつき合ってないと思う」

「しかし、古ギツネが、真紀には黙《だま》ってろと言えばわからないぞ」

「彼女がいなくなったとき、念のために古ギツネに聞いたんだよ。あんたがやったんじゃない？　って」

「なんと答えた？」

「おれは絶対やってない。アリバイもあるって」

「そうか」

この古屋の答えを、そのままは信じられない。

——あるいは？

相原の顔を見ると、目を閉《と》じたまま考えこんでいる。

「有季、どう思う？」

「調べる必要はあると思います」

有季は、事務的に言った。

「どうやって調べたらいい？」

英治がそう言ったとき、北原と山内がやってきた。

英治は、これまでのいきさつを二人に話した。

「君は、何回くらい古屋とデートクラブで会った？」

北原が聞いた。

「三度かな？」

真紀が答えた。

「古屋は、君以外にも、つき合ってる相手はいるんだろう？」

「そりゃいるでしょう。でも安月給だから、そんなにはつき合えないって」

「君、デートクラブはもうやめたほうがいいぞ」

「私、お説教聞きにきたんじゃないよ。先公って、それだから嫌《きら》いさ」

真紀は口をとがらせて言った。

「お説教じゃない。君はヤバイことに足を突《つ》っこんでしまった。へたをすると、ひろ子と同じ目に遭《あ》う。それを心配して言ってるんだ」

「どうして、私が狙《ねら》われなくちゃなんないのよ？」

真紀の表情がこわばった。

「君がいないほうがいいと考えている人間がいるかもしれない」

「だれよ？　そいつ」

「君とひろ子の共通の相手がいるだろう。それを教えてくれ。その中にいるかもしれない」

「調べてみるわ」

真紀は、急に別人のようにおとなしくなった。

4

その夜、英治、相原、安永の三人は、北原のアパートに行った。

北原が、どうしても来いと言ったからである。

本以外は、テレビとステレオがあるだけの殺風景《さっぷうけい》な部屋だった。

「奥《おく》の細道《ほそみち》を歩いている、川合《かわい》という子はどうなりました？」

英治は、そのことが頭の隅《すみ》にひっかかっていた。

「この間、山形にいるという電話が山内先生のところにあった。年寄り夫婦《ふうふ》の家に泊《と》めてもらっているらしい」

北原が言った。

「学校のことなんか忘《わす》れちゃってるんじゃないですか？」

「どうもそうらしい。旅をするというのはいいもんだな。以前とは見ちがえるように元気になったようだ」

「旅は人生だって、どこかで読んだような気がするけれど、そうなのかもしれませんね？」

「それは、奥の細道の冒頭《ぼうとう》にあるじゃないか。『月日《つきひ》は百代《はくたい》の過客《くわかく》にして、行きかふ年もまた旅人なり』」

「先生、教養ありますね？」

「それくらいは常識《じょうしき》だ」

「さすが見直したぜ」

安永が言った。

「おれは生徒たちに、学校だけがすべてではないとよく言って聞かせるんだ。学校でいじめられたり、仲間はずれにされたりすると、生きてでもしようがないと思って自殺したりする。そんなときは、川合みたいに旅に出てみるといいんだ。それで何日学校を休んでも、勉強がおくれても、死ぬよりはましだ」

「そのとおりだと思います。それに川合は、芭蕉《ばしょう》があるから、歴史も勉強できて、充実《じゅうじつ》しているんだと思います」

相原が言った。

「よかったですね」

英治が言ったとき、電話が鳴った。

北原は、「ええ」とか「はい」とか言ったあと、

「ではお待ちしています」

と言って電話を切った。

「だれか、お客さんが見えるんですか？」

英治が聞くと、

「教頭がやってくるそうだ」

と言った。

「それじゃ、ぼくらは帰りましょうか？」

相原が言った。

「いや、教頭が何を言うか、隣《となり》の部屋で聞いていてくれ」

「いいんですか？」

「教頭がシロかクロか、君らにも判断《はんだん》してもらいたいんだ」

「いままでに、教頭はここへ来たことあるんですか？」

「ない。はじめてだ」

北原が言った。

「それじゃ、よほどの緊急事態《きんきゅうじたい》だ。きっと、土井に脅されたんですよ」

英治の言葉を、北原は上《うわ》の空《そら》で聞いているふうだった。

古屋は、それから三十分ほどしてやってきた。

玄関《げんかん》のブザーが鳴ったので、英治と相原、安永の三人は、奥の部屋に隠《かく》れた。

「こんばんは、夜分にすみません」

古屋の言葉つきはいんぎんである。

「どうぞ」

北原に言われて、古屋はリビングルームのソファに腰《こし》をおろしたようだった。

「何か緊急の用件でもあるのでしょうか？」

北原が聞いた。

「実は私のプライベートのことで困《こま》ったことが起きているのです」

声を聞いただけで、困ったことが起きていることが推察《すいさつ》できた。

「何でしょうか？」

「先生、今年うちの中学を出た島本真紀をご存じですか？」

「知っています。私は受け持ったことはありませんが」

「その島本に、どうしても相談したいことがあるから会ってほしいと言われて会いました」

「それがどうかしたのですか？」

「実は、彼女と会ったところをある人物に見られてしまい、その男から恐喝《きょうかつ》されているのです」

「生徒と会っただけで、なぜ恐喝されるのですか？　私にはわかりません」

「その男は、私に疚《や》ましいところがあると誤解《ごかい》しているのです」

「そんなもの、笑い飛ばしてしまえばいいじゃないですか？」

「ところが、そうはいかないんですよ」

「なぜですか？」

「私が島本に金を渡《わた》した事実がわかってしまったのです。それから……」

古屋は、そこでしばらく沈黙《ちんもく》していたが、

「カラオケボックスに行ったこともわかってしまいました」

「高校生と二人だけでカラオケボックスに行ったのですか？　それは疚ましいことではないですか？」

「実は、そうなんです。いい年をして、しかも教師という身分でありながら、こんなことをしてしまって、後悔《こうかい》しています」

「その男に何と言われたのですか？」

「一千万円出せば、黙《だま》っていてやると言いました」

「それは恐喝ですよ。まちがいなく犯罪《はんざい》です。訴《うった》えたらいいでしょう」

「たしかにおっしゃるとおりです。しかし……」

「もちろん、断ったのでしょうね？」

「断りました。私には一千万円の金はありませんから。そう言うと男は、退職金の前借りをしろと言いました」

「それは、辞めろということですか？」

「そうです。もし辞めなければ、この事実を公にし、懲戒免職にする。そうすれば、退職金は出ないと言いました」

「まるで、ヤクザじゃないですか？」

「そうです。男の恐喝はヤクザそのものでした」

「それで、どうなさるおつもりですか？」

「それをご相談に伺《うかが》ったのです。私の力になっていただけませんか？」

「私にはそんな力はありません。先生には腹心《ふくしん》がいらっしゃるから、その方に相談されたらいかがですか？」

「腹心はたしかにいます。しかし、こんなことを話せば、まちがいなく逃《に》げてしまうでしょう。巻《ま》き添《ぞ》えにされたらたいへんですから」

「そんなに信じられないものですか？」

「ええ、みんな損得で集まるんですから、不利だと見たら離《はな》れます」

「さびしいですね」

「さびしいです。そこへいくと先生は、私と校長との争いにまったく中立でした」

「私は、トラブルが嫌《きら》いだからです」

「このままいったら、私は校長と刺《さ》し違《ちが》えるしかありません。それではどちらも不幸です。ですから和解したいのです。その仲介《ちゅうかい》の労《ろう》を取っていただけませんか？」

「私の言うことなど、校長は鼻もひっかけませんよ」

「そんなことはありません。先生の言うことなら、校長はきっと聞きます。私にはわかるのです。おねがいします」

「それは、私には荷が勝ち過ぎています」

「そんなことはありません。おねがいします。もしやっていただいたら、このご恩《おん》は一生忘れません」

「その前に、一つだけお聞きしたいことがあります。正直に答えてください」

北原にしては、きびしい口調だ。

「何でもお聞きください。正直に答えます」

「ではお聞きします。野口ひろ子がいなくなった理由をあなたはご存じなんじゃないですか？」

「私が……？」

「あなたは野口とつき合っていたでしょう？　私は島本から聞いたんです」

北原がはったりをかませた。

三人は、顔を見合わせて、

「キタさんやるな」

と安永が言った。

「たしかに、野口ひろ子から進路相談を受けたことはあります」

「本当にそれだけですか？」

「もちろんです。それ以外に何があるんですか？」

「あなたは、野口がデートクラブで働いていることを私が知らなかったと言って責《せ》めましたね？」

「そうでしたか？」

古屋はとぼけている。

「野口は、島本に誘《さそ》われて同じデートクラブに入ったんです。あなたは、ご存じだったんじゃないですか？」

「いえ、まったく……」

「野口はその客とのトラブルに巻《ま》き込《こ》まれたんです」

古屋はだまっている。

「野口を捜《さが》してきてください。あなたにはその義務《ぎむ》があります。野口を見つけたら、私は校長先生に会いましょう。見つからなければ、この話はないことにしてください」

「わかりました。やってみます。それでは、これで失礼します」

玄関のドアをあける音がしたので、三人は部屋を出て、リビングルームに入った。

「きたない野郎《やろう》だぜ。出ていって、なぐり倒《たお》したかったよ」

安永が吐《は》き捨《す》てるように言った。

「おれだって、何度なぐろうと思ったかしれない」

北原も、怒《いか》りのためか、顔が青くなっている。

「古屋を恐喝したのは土井だな？」

相原が言った。

「それ以外には考えられない」

「土井は本気で一千万円取るつもりか？」

「そうじゃない。古屋にゆさぶりをかけたんだろう。しかし効果はあった。あれだけうろたえているんだから」

「古屋は野口からは相談を受けただけと言っていたけど、信じられるか？」

英治は、相原の顔を見た。

「信じられない」

「おれもそうだ」

相原につづいて、安永が言った。

「とにかく、古屋は野口を捜すと言って帰った。何か行動を起こすだろう。そうしなきゃ自分の破滅《はめつ》が待っているんだ」

北原が言った。

「先生にしちゃ上出来だ」

「こいつ」

北原は、英治の頭をなぐるまねをした。

「しかし、自分が犯人だったらどうする？　おれだったら困《こま》っちゃうぜ」

安永が言った。

そのとおりだと英治も思った。

5

「もしもし」

電話の声は、川合だなと光太は思った。

「ぼくだよ」

「そのあとは言わなくてもいい。川合だろう？」

「よくわかるな」

「あたりまえだ。その声を聞いただけで、おまえが元気だということもわかる」

「おまえって、超能力者《ちょうのうりょくしゃ》か？」

川合は、マジで驚いている。

「そうさ。おれは宇宙《うちゅう》からやってきたエイリアンだ」

いつか、朝丘から聞いたせりふを言ってみた。

川合は、おかしそうに笑い出した。

川合の笑い声を聞いたのははじめてだ。

「おまえ、笑ったな。楽しいのか？」

「うん、楽しい」

声がはずんでいる。

「まだ、例の家にいるのか？」

「このままずっといろと言われてるんだけど、そうもいかないしな。今日思い切って出ることにした」

「きっと、さびしがるぜ」

「そうなんだ。別れは辛《つら》いよ」

「演歌《えんか》みたいなこと言うなよ」

光太が言うと、川合はまた笑った。

「これからどこへ行くんだ？」

「行方《ゆくえ》定めぬ旅ガラスさ」

「いいなあ。おれもやってみたくなったぜ」

光太は、本気でそう思った。

「先生、怒ってるか？」

川合が、ちょっと心配そうに言った。

「怒ってないから安心しろ」

「そうか……。ここにいると学校のこと忘れちゃうんだけど、ひろ子は見つかったか？」

「まだなんだ。おまえも気になってるのか？」

「ぼく、ひろ子とは仲が良かったんだ」

「えッ」

川合が意外なことを言うので、光太は次の言葉が出なくなった。

「ぼく、みんなからシカトされたりいじめられたりしたろう。そんなとき、帰りに待っていてくれて話をしたんだ」

「知らなかったなあ。どんな話をしたんだ？」

「あいつの家のこととかいろいろさ。小さいときに、母親からいつもなぐられてたから、なぐられるコツを覚えちゃったんだって。ぼくになぐられ方を教えてくれたよ」

「そうか、あいつ苦労したんだな。デートクラブのこと何か言ってたか？」

「あれは、母親への復讐《ふくしゅう》でやってるんだってさ」

「へえ、そうだったのか」

光太がはじめて知る事実だった。

「でもあいつ、そこで客とトラブルを起こしちゃったみたいで……」

「じゃ、ひろ子はそいつに誘拐されたのか？」

「それはわからないよ。そこまで詳《くわ》しいことは聞いてなかったから」

川合がこんなことを言うとは、夢にも考えていなかったので、光太は唖然《あぜん》とするばかりだった。

「川合、東京に帰ってきてくれよ。ひろ子は、おれあてに遺書《いしょ》みたいな手紙を送ってきてる。一日も早く見つけださないとヤバいんだ」

「そりゃぼくだってそうしたい」

「だったら帰ってきてくれよ。どうしてもおまえが必要なんだ」

「だけど、まだ奥の細道を全部まわってないからな」

「それは、また行けばいいじゃんか？」

「そうだな……」

川合は、しばらく考えているようだったが、

「出雲崎《いずもざき》だけは行きたいんだ」

「出雲崎って、どこだ？」

「新潟県だよ。芭蕉がそこで詠《よ》んだ有名な句があるけど、知ってるか？」

「知らないよ」

「荒海や佐渡《さど》によこたう天《あま》の川《がわ》、という句は知ってるだろう？」

「そのくらいは知ってるさ」

光太も、どこかで聞いたことがある。

「ぼくは、日本海と佐渡と天の川を見たいんだ」

川合の決意は揺《ゆ》るがないと思ったので、

「いいよ。出雲崎へ行けよ。おれも見たい」

光太は、無意識で言ってしまった。

「君、出雲崎に来るのか？　どうやって行くのか知ってるか？」

「知らないけど、なんとか行けるさ。おまえが行けて、おれが行けねえわけねえだろう？」

「そりゃそうだ」

「今度の日曜日にしよう」

「明後日《あさって》じゃないか」

「こっちは急いでいるんだ。頼《たの》む」

「いいよ」

川合は承知してくれた。

「やったあ！　場所はどこにする？」

「あそこに、芭蕉がそこを訪《おとず》れたことを記念してつくった、芭蕉園《ばしょうえん》っていう小さな公園がある。そこにしよう」

「時間は何時がいい？」

「夕方、太陽が日本海に沈《しず》むところを見たいんだ」

「じゃあ、四時ごろとしようか？」

「うん」

「必ず来てくれよ」

光太は念を押《お》した。

「大丈夫《だいじょうぶ》だ」

川合との電話を切ったあとも、光太の興奮《こうふん》は鎮《しず》まらなかった。

これから、だれに電話しようかと思ったが、やはり、最初は朝丘だと思った。

朝丘の声が聞こえたとたん、

「ビッグ・ニュースだ！」

とどなってしまった。

「なんだ、犯人がつかまったのか？」

朝丘は落ちついている。

「ちがう」

光太は、川合との電話の内容を朝丘に話した。

「そいつは、すごい話だな」

「そうだろう。だからおれ、すぐ東京に帰ってこいと言ったんだ」

「川合は、なんて言った？」

「出雲崎を見て帰りたいって言った」

「荒海や佐渡によこたう天の川、だな」

「おまえ、それ知ってるのか？」

朝丘の口から芭蕉の句を聞くとは思っていなかったので、光太は驚いた。

「それくらい常識さ。それでいつ行くんだ？」

「明後日の日曜日、おれも出雲崎に行って、川合と会うことにした」

「よし、おれも行く」

朝丘が言った。

「おまえも行ってくれるか?」

つい声がはずんだ。

「町田と三原と恵子と弥生と、六人で行こう」

「よし、それに決めた」

光太は、「やったあ」と思いきりどなりたい気分になった。

Ⅵ 修学旅行

1

古屋《ふるや》が校長室に入ってきた。

「きのう電話がありました。先生のことです」

新田《にった》は、窓《まど》から校庭を見ながら言った。

「私の……?」

新田は、ふり向いて古屋の顔を見つめた。

「先生、一昨日《おととい》板井《いたい》病院に行きましたか?」

「はい、ちょっと体のぐあいが悪かったので行きました」

「そのとき、車に女子高校生を乗せましたか?」

「はい乗せました。今年卒業した子で、先生乗せてってと頼《たの》まれましたので……。それがどうかしましたか?」

古屋は平然としている。

「電話してきたのは、その女子高校生の友だちなんですよ。それからどこに行きましたか?」

「駅まで送りました」

「そうじゃないでしょう。カラオケボックスに行って女子高校生に一万円渡《わた》したでしょう?」

古屋の表情がみるみる変化した。

いきなりその場に正座《せいざ》すると、

「申しわけありません」

と額《ひたい》を床《ゆか》にすりつけた。

「これは、申しわけないですむ問題ではありませんよ」

新田は、古屋を見おろしていると、胸《むね》がぞくぞくしてきた。

「つい誘《さそ》われまして……。一生の不覚《ふかく》でした」

「あなたは教師ですよ。しかも五十を過ぎ、間もなく校長にもなれるというのに、なんということをしでかしたのですか?」

「おっしゃるとおりです。弁解《べんかい》のしようもありません」

「その女子高校生は、今年うちの中学を卒業した島本真紀《しまもとまき》というんでしょう?」

「そうです」

「島本は行方不明《ゆくえふめい》になっている野口《のぐち》ひろ子と仲が良かったそうですね?」

「はい」

「まさか、あなたが彼女《かのじょ》をどうかしたんじゃないでしょうね?」

「とんでもない。それは絶対ありません。それだけは信じてください。私も教育者です」

「教育者だって？　あなたにそれを言う資格《しかく》はない」

新田は、言葉を改めて決めつけた。

「校長先生、おねがいですからこのことは公《おおやけ》にはしないでください。もしそうしていただけるなら、私は校長先生のために何でもやります。これまでの私を反省します」

つい昨日まで、新田を無視《むし》して、わがもの顔に学校をのし歩いていた古屋の、この豹変《ひょうへん》ぶりはどうだ。

新田は、けとばして、つばでも吐《は》きかけてやりたくなった。

「私のところに電話してきたということは、教育委員会にも電話しているかもしれません。そのほかに、新聞社やテレビ局にも……」

古屋はうなり声を上げた。

これは断末魔《だんまつま》の悲鳴だと新田は思った。

「この事実が公になれば、糾弾《きゅうだん》されるのはあなただけじゃない。私だって、責任者《せきにんしゃ》として袋《ふくろ》だたきにあうでしょう」

「申しわけありません」

「だから、できることなら隠《かく》しておきたいが、それは不可能《ふかのう》です。もしそんなことがばれたら、私は責任を取って辞職《じしょく》しなければなりません。そこまで私にやれと言うんですか？」

新田は、古屋を追いつめながら、もしかしたら、本当にそういうことになるかもしれないと思うと、急に不安になってきた。

「私は何をすればいいでしょうか？」

古屋は、消え入りそうな声で言った。

「辞表《じひょう》を書くことですね」

「辞表ですか……」

「たとえ辞表を書かなくても、あなたは辞《や》めざるを得なくなるでしょう。そのときは懲戒免職《ちょうかいめんしょく》です」

「私の三十年は何だったんでしょう？」

「自業自得《じごうじとく》です。だれも恨《うら》むことはできませんよ」

ひれ伏《ふ》している古屋を見おろしていると、新田は勝利の快感に酔《よ》いしれた。

突然《とつぜん》、古屋が顔を上げた。

「校長先生」

挑《いど》みかかるような目をしている。

「何ですか？」

「私は、一人では死にませんよ」

ついさっきの哀願《あいがん》する口調ではない。

「それはどういうことですか?」

「死ぬときは、校長先生も道づれにするということです」

「私を道づれに? じょうだんじゃない。私は無理心中はごめんです」

「ところが、そうはいかないんですよ。校長先生が、不正に使った金はいくらになっていると思いますか?」

「そんなこと知るわけがないでしょう。あなたがやったんだから」

「私はそうは言いませんよ。校長先生の命令でやったと言います」

「そんな……。それは罠《わな》だ」

新田は、つい大きい声を出した。

「罠じゃありません。これは保険《ほけん》ですよ。保険というものは、万一のときのために掛《か》けておくものです。それが、いまやっと役に立つときがきたのです」

新田は、頭の中が空白になった。

「私に何をしろというのですか?」

「私を助けなければ、校長先生も死ぬ。つまりわれわれは、一蓮托生《いちれんたくしょう》ということですよ」

立場は完全に逆転《ぎゃくてん》した。いまは古屋のほうが主導権《しゅどうけん》をにぎっている。

「校長先生、私を助けることはご自分を助けることです。あなただって、退職を間近にしてクビになったら、元も子もないでしょう?」

古屋は、からみつくように迫《せま》ってくる。

新田は、嘔吐《おうと》したい気持ちを抑《おさ》えて、

「あんたもやるもんだ。ワルとは思っていたが、これほどとは思ってなかったよ」

と言った。

「ワルはおたがいさまですよ。ワル同士手を組みましょう」

古屋は、立ち上がると手を出した。その手をしかたなく新田はにぎった。

腹《はら》の中は、怒《いか》りで煮《に》えかえりそうだった。

古屋が校長室を出て行くと、入れちがいに土井《どい》が入ってきた。

新田は、古屋とのやりとりを土井に話した。

「やっぱり開き直りましたね。いいです。私は私の方法でやりますから」

土井の目はすわっている。

「何をやるんだ?」

「これですよ」

土井は、手刀で首を斬《き》るまねをした。

2

北原《きたはら》は、職員室に入ってきた古屋を見て、

「あれ、どうなりました？」

と聞いた。

「ああ、あの話はなかったことにしてください」

古屋は、そう言うと、そそくさと職員室を出て行った。

「あれって、何のことですか？」

山内《やまうち》が聞いた。

「教頭がぼくの家に来て校長と和解《わかい》したいと言ったんです」

北原は、アパートで古屋が言ったことを山内に話した。

「校長室に入っていったときと、出てきたときとは、すっかりちがっていましたわ。きっと校長との間で手打ちが行われたんでしょう」

「そうかもしれません」

「どちらもワルだから」

山内が言った。

「ワルといえば、その後、大池《おおいけ》はどうですか？　こりましたか？」

北原は、職員室から出ていく大池を見て聞いた。

「まだ諦《あきら》めないそうです。でも、このごろ忙《いそが》しいみたい。毎晩《まいばん》午前様だと言っていました」

「教頭と善後策《ぜんごさく》に頭を悩《なや》ましているんでしょう。昨日の夜、川合《かわい》が橋口光太《はしぐちこうた》のところに電話してきたそうです」

「あら、そう。元気でした？」

「ええ、絶好調みたいなこと言ってたそうです。川合が面白いことを言いました」

北原は、光太から聞いたことを山内に話した。

「それ、興味ありますね」

「橋口は、すぐ東京に帰ってこいと言ったそうですが、川合は出雲崎《いずもざき》に行ってみたいと言うので、明日の日曜日、みんなをつれて出雲崎へ行くことにしました」

「いいですわね。私も行きたい」

山内は、目を輝《かがや》かせた。

「車で行こうと思うんですが、ぼくのワンボックスカーは七人乗りなんです」

北原が言いよどんでいると、

「それなら、心配ご無用。私は自分の車で行きます。女子は私が乗せます」

「よかった。それなら助かります」

「久《ひさ》しぶりに、楽しいドライブができて嬉《うれ》しい！　出雲崎なら、関越《かんえつ》自動車道を走ればそれほど時間はかかりませんわ」

山内は、ドライブにつれていこうと言われた子供みたいに、嬉《うれ》しそうな表情を見せた。

純子《じゅんこ》が、山内先生も北原先生のことを嫌《きら》いではないと言ったが、山内の喜びようを見ていると、それは当たっているかもしれないと思った。

北原は、職員室を出て教室に向かったが、踊《おど》りだしたい衝動《しょうどう》に駆《か》られた。

土井は、校門を出ると、公衆《こうしゅう》電話でこの前と同じように古屋を呼《よ》び出《だ》した。

「もしもし、古屋先生？」

「そうですが——」

古屋は、脅迫者《きょうはくしゃ》と気づいたのか、声が暗くなった。

「金はどうした？」

「持っています」

「いくら？」

「百です」

「だめだ。そんなはした金。一千万だ」

「それは無理です」

「退職金でつくれと言ったろう？　どうして退職しないんだ？」

「辞めるわけにはいきません。生活がかかっていますから」

「生活だと……？　おまえの口からそんなことは聞きたくない」

「だから私はやっていません。それは、この前も言ったでしょう？」

「おまえの言うことは信用できん。では、百万円でもいい、日曜日の昼、板井病院に持ってこい。金はバンパーの裏側《うらがわ》にテープで貼《は》りつけ、おまえは待合室にいろ」

「わかりました。時間は何時ですか？」

「正午。もし約束を破《やぶ》ったら公表するからな」

「必ず行きます」

土井は電話を切ると学校に向かった。


古屋が自分の席に戻《もど》ると、大池がやってきて、

「電話は、例の男ですか？」

と声を落として聞いた。

「そうだ。一千万だと言っている」

「一千万？　ばかな」

「退職金で払《はら》えと言っている」

「まさか、承知はしないでしょうね？」

大池が念を押した。

「辞めないと言ったら、明日百万持ってこいと言った」

「一千万を百万でいいというところをみると、この男はプロではないですね。これは心配いりませんよ」

「そうかな？」

古屋は、それでも不安を拭《ぬぐ》い去れない。

「バンパーの裏側にテープで貼りつけて、待合室にいろと言った」

「そいつがどんな男か、私が行って確認《かくにん》します。場合によっては捕《つか》まえます」

大池が言った。

「そうしてくれれば、脅迫者《きょうはくしゃ》がだれかわかるというわけだ。頼《たの》むぞ」

「私は先生に賭《か》けています。先生にこけられたら、私の一生も台無《だいな》しになりますからね」

大池がにやりとした。

この男を信じるのは危険《きけん》かもしれない。しかし、この男以外相談する相手はいないのだ。

北原に頼んでものってくるわけがない。

「さっき、校長に呼ばれた。だれか、このことを密告《みっこく》した者がいる。校長は島本のことを知っていた」

「それは北原じゃないですか？」

「あいつはそんなことはやらん。ということは、ほかにも知っている者がいるということだ」

古屋は、大池の目を見つめた。

「私ではありません。それは信じてください。いまも言ったように、先生あっての私です」

大池の言うことは、そのまま受け取ってもいい気がする一方、裏切《うらぎ》ってもおかしくないとも思える。

古屋は、どちらとも判断《はんだん》がつかなくなった。

「いったいだれだ?」

「もしかしたら、校長がだれかに命じて、先生のあとをつけさせたのかもしれません」

「そうか、そういうこともあるな。密告と言ったのはうそか」

「あいつなら、それくらいのことはやりますよ。しかし、校長にばれたんではまずいですね」

大池は表情を曇《くも》らせた。

「おれは開き直ってやった。おれは一人では死なない。死ぬときはあんたと一緒《いっしょ》だって」

「校長はなんと言いました?」

「おれを罠《わな》にはめたなって言った。だから、あれは万一のときのための保険だと言ってやった」

「さすがです。それでどうなりました?」

大池がすっかり感心している。

「ワル同士二人で手を組もうと言ってやった」

「言うもんですね。キツネとタヌキの化《ば》かし合いですな」

「人間なんてそんなもんだ。君はストーカーをやっていること、ばれたぞ」

古屋は、大池の顔を見た。

「だれにばれたんですか？」

大池は動揺《どうよう》のためか、急にそわそわしだした。

「校長だ。たれこみの電話があったらしい。おれにどうだと聞いたから、そんなことは根も葉もないうわさだと言っておいた」

「そうですか。ありがとうございます。しかし大丈夫でしょうか？」

大池は首を斬《き》るまねをした。

「校長なら大丈夫だ」

「それで安心です」

これだけ大池に恩《おん》を売っておけば、裏切ることはないだろう。

古屋は、そう考えると、それまでの不安がうすらいだ。

3

日曜日、午前八時。

北原のワンボックスカーと、山内のカローラの二台で東京の練馬《ねりま》IC《インターチェンジ》から関越《かんえつ》自動車道に入った。

北原の車には、光太、朝丘《あさおか》、町田《まちだ》、三原《みはら》、貢《みつぐ》の五人が乗り、山内のカローラには、弥生《やよい》、恵子《けいこ》、有季《ゆうき》の三人が乗った。

関越自動車道練馬ICから長岡《ながおか》ICまでは二百四十五キロ。そこから出雲崎までは二十キロほどの距離《きょり》だ。四時間もあれば十分着ける。松島《まつしま》、平泉《ひらいずみ》、象潟《きさかた》とまわったところで、芭蕉《ばしょう》は奥《おく》の細道《ほそみち》は一段落《いちだんらく》したと考えたのかもしれない。旅の疲《つか》れもあったのだろう。

「酒田《さかた》の余波《なごり》日を重《かさね》て、北陸道《ほくりくだう》の雲に望む。遥々《えうえう》のおもひ、胸をいたましめて、加賀《かが》の府まで、百三十里《り》と聞《きく》。鼠《ねず》の関《せき》をこゆれば、越後《えちご》の地に歩行《あゆみ》を改《あらため》て、越中《えっちゅう》の国市《いち》ぶりの関に到《いた》る。此《この》間九日、暑湿《しょしつ》の労に神をなやまし病《やまい》おこりて、事をしるさず。

文月《ふみづき》や六日《むいか》も常《つね》の夜には似《に》ず
荒海や佐渡《さど》によこたふ天河《あまのがは》」

酒田を発《た》って市振《いちぶり》まで、曾良《そら》日記によると十五日かかっているが、芭蕉は九日としている。

「暑湿の労に神をなやまし、病おこりて事をしるさず」というのは、暑さや湿気で心身を悩まし、病気になってしまったので、書かなかったということであろう。

東京を出発する前に、山内から一応奥の細道の講義を聞かされたが、光太の頭に残っているのは、有名な「佐渡によこたう天の川」の俳句《はいく》くらいのものである。

関越自動車道は、川越《かわごえ》、東松山《ひがしまつやま》を通り、藤岡《ふじおか》で上信越《じょうしんえつ》自動車道と分かれる。

東松山を過ぎたところで、まだ早いが、嵐山《らんざん》のパーキング・エリアで休憩《きゅうけい》して打ち合わせしようと北原が言った。

「このまま走って、長岡《ながおか》インターから出て出雲崎へ行ったら早く着き過ぎてしまうから、どこかへ寄り道しよう」

北原が言った。

「それなら、弥彦山《やひこやま》がいいわ」

山内は、テーブルの上に地図をひろげた。

「弥彦山というのは、越後平野の美しい山として、昔の人は神が宿る山として信仰《しんこう》したの。山頂には弥彦神社の御神廟《ごしんびょう》があるわ。曾良日記によると……」

「はじまったぞ」

町田は三原の脇腹《わきばら》をつついた。

「七月一日、いまの暦《こよみ》でいうと八月十五日に村上《むらかみ》を発《た》ち、翌日《よくじつ》には新潟入り、三日の申《さる》の下刻《げこく》に弥彦に着す。宿取りて、明神《みょうじん》へ参詣《さんけい》とあるわ」

山内は文庫本の『おくのほそ道』をバッグから取り出して読んでいる。

「ここまで来て、勉強させられるんじゃかなわねえぜ」

町田と三原は、ふざけ合って聞こうとしない。

パーキング・エリアで十五分ほど休憩してから、ふたたび車に乗った。

嵐山を出て六、七分過ぎると川を渡《わた》った。

「荒川《あらかわ》だ」

と運転している北原が言った。

荒川はいつも見ている川だが、その上流がこんな川とは知らなかった。

荒川を渡ると花園《はなぞの》ICであり、本庄児玉《ほんじょうこだま》を過ぎてしばらく走ると藤岡ジャンクションだ。

ここを左に行けば上信越自動車道である。

利根川《とねがわ》の支流を渡り、高崎《たかさき》、前橋《まえばし》のインターを過ぎると、利根川に並行《へいこう》することになるが、この辺りでは見えない。

渋川伊香保《しぶかわいかほ》ICを過ぎると利根川の上流を渡る。

右側に赤城山《あかぎさん》が見えはじめると赤城ICだ。そこから少し行ったところに赤城高原サービスエリアがある。ここで約半分の百二十キロである。

北原は、サービスエリアの駐車場に入っていった。

時計はようやく十時になろうとしている。

そこで少し休憩《きゅうけい》して、十時十分過ぎに出発した。

町田と三原は、走り出すとすぐ眠《ねむ》りはじめた。

「古ギツネに大池のことをチクってやった」

朝丘が小さな声で言ったのだが、北原に聞こえたのか、

「ストーカーのことを言ったのか？」

前方に視線《しせん》を向けたまま言った。

「言っちゃまずかった？」

朝丘が聞いた。

「いや、そんなことはない。どっちも、同じ穴《あな》のムジナだ」

「病院のことは、土井が校長にチクったのだろうよ」

朝丘が言った。

「そうか、それで校長は古屋を校長室に呼《よ》んだんだな。しかし、それにしても上機嫌《じょうきげん》で出てきたぞ。どういうことだ？」

北原が言った。

「校長をうまく騙《だま》したんだよ」

光太が言うと朝丘が、

「そうじゃなくて、校長を脅《おど》したんだと思う。校長だって悪いことしてるんだから」

と言った。

「どうして、そんなこと知ってるんだ？」

北原が聞いた。

「菊地《きくち》さんたちが調べたら、校長もけっこうやってるらしいよ。たたけば、ほこりが出るってさ」

「ちっとも知らなかったな。こういうのを灯台下暗《とうだいもとくら》しというんだ」

「そうじゃない。先生は昼行燈《ひるあんどん》なんだ」

朝丘が言うと、北原はおかしそうに笑い出した。

車は谷川岳《たにがわだけ》の関越トンネルに入っていた。

笑い声で町田は目が覚めたのか、

「もう夜か？」

と言ったので、また爆笑《ばくしょう》になった。

三原も目をあけたが、ぶつぶつつぶやいて、また眠ってしまった。

「関越トンネルを抜《ぬ》けると湯沢《ゆざわ》だ。もう新潟県に入った」

北原が言った。

光太も、うつらうつらしていると、車は川を渡っている。

「何川？」

「信濃川《しなのがわ》だ」

北原が言った。

いままでは、両側に山が迫《せま》っていたが、いつの間にか山はずっと後退し、平野がひろがっている。

光太は地図を見た。小千谷《おぢや》市のあたりだなと思った。

「もう長岡は近いね。山内先生の車はちゃんとついてきているかな？」

ふり向くと、窓越《まどご》しに赤のカローラが見えたので、光太は手をふった。

長岡ジャンクションを過ぎると、北陸自動車道になる。

道路は、越後《えちご》平野の真ん中を貫通《かんつう》している。両側は青々とした水田だ。

「さあ、次のインターで降《お》りるぞ」

北原が言ったので、光太は町田と三原を揺《ゆ》り起こした。

「もう朝か？」

町田は寝《ね》ぼけている。

三条燕《さんじょうつばめ》のインターを出ると、弥彦山に向かった。

弥彦線沿《ぞ》いの道を走ると、やがて終点の弥彦駅のある弥彦公園に着いた。

弥彦山は目の前にそびえている。

「腹《はら》がへった」

三原が、大きいあくびをしながら言った。

「もう十二時だ」

貢も腹のへった顔をしている。

「おれも腹がへった」

光太は車の外に出た。

山内の車が隣《となり》に停《と》まって、中から弥生、恵子、有季が出てきた。

「今日は天気がいいから、あの弥彦山の頂上から、佐渡が見えるかもね」

弥生が言うと山内が、

「芭蕉が弥彦を訪れたのは、七月三日、いまの暦《こよみ》で八月十七日、その日は快晴だったけれど、翌日出雲崎に行ったときは、夜に雨が強く降るとあるわ」

「それじゃ、佐渡も天の川も見えないじゃんか？」

町田が言った。

「いいこと言うわね。芭蕉はこの句を七月七日、七夕《たなばた》に直江津《なおえつ》で発表してるのよ。

　文月や六日も常の夜には似ず
この句については、穎原退蔵《えばらたいぞう》・尾形仂《おがたつとむ》訳注の『おくのほそ道』（角川文庫）の評釈《ひょうしゃく》の一部を読むから聞いていなさい。

『旅泊を重ねるうちにはや文月を迎《むか》え、日々に秋のけはいの動いてゆく中で、いよいよ明日は牽牛《けんぎゅう》・織女《しょくじょ》の二星が年に一度の交会をとげるその前夜だと思えば、今日六日の夜も、常の夜とは違《ちが》い、空のたたずまいにもただならぬものが感ぜられる。なつかしい人々との再会《さいかい》を思って、いちだんと旅愁《りょしゅう》の深まるのをどうしようもない』」

弥生と恵子が手をたたいた。

「先生と一緒《いっしょ》に旅すると、これだからかなわねえよな」

町田は、へきえきしている。

4

日曜日、正午。

古屋は板井病院に出かけた。

駐車場に車を入れると、バンパーの裏側に、百万円の札束を入れた封筒《ふうとう》を、テープで貼りつけた。

それからゆっくりと待合室に入った。

十分経《た》ったが、だれも何とも言ってこない。

電話の男は、待合室で待っていろと言った。

いまごろ、大池が駐車場の車を監視《かんし》しているはずだ。

大池はカメラを持っているから、もし男があらわれたら撮《と》ると言っている。

古屋は、待合室の固いベンチで待った。

さらに十分経った。

しかし、大池はあらわれない。

ということは、男が車のそばにやってこないということだ。

「古屋さん」

という呼び出しがあった。会計の窓口《まどぐち》に行ってみると、電話がかかっていると言われた。

受話器を耳にあてて、

「もしもし、古屋です」

と言った。

「どうして駐車場に大池がいるのだ？」

男が怒《おこ》っていることは、声の調子でわかった。

「私は知らない」

古屋は突《つ》っぱねた。

「汚《きた》ねえまねしやがって。どうなってもいいんだな？」

「ちょっと待ってくれ。私が悪かった」

この際は下手《したて》に出て、相手の怒《いか》りを鎮《しず》めなくてはならない。

「携帯《けいたい》電話を持っているだろう？」

大池の名前といい、携帯電話といい、この男は、なぜ古屋のことをこんなに知っているのだ？

調べたとしても、学校関係者でなくては、わからないはずだ。

——学校関係者。

そうか、校長がやらせているのか？

古屋は、脅迫者《きょうはくしゃ》の正体が次第に見えてきた。

「携帯電話の番号を教えろ」

男に言われて、古屋は携帯電話の番号を教えた。

「学校に行って待て」

男の電話は切れた。

古屋は、携帯電話で大池を呼び出した。

「はい」

大池の声だ。

「待合室に来てくれ」

大池は、電話を切るとすぐやってきた。

「だれも来ませんでしたよ」

「やつは、君が見張っていることを知っておった。どこかで見ていたのだろう。君の名前も知っていた」

「どうして、私の顔と名前を知っていたのですか？」

大池は、納得のいかない顔をしている。

「私が携帯電話を持っていることも知っている。もしかしたら、学校関係者かもしれん」

「そうですか……。そうなると校長が手引きしたんですな？」

「おそらくそんなところだろう。だから、辞職しろとしつこく言ったのだ」

「わかりました。校長のイヌ……。すると土井ですか？」

大池は、遠くに視線《しせん》を向けた。

「もう一人は北原だが、彼は今日山内と新潟へ行っている」

「え？　ドライブですか？」

大池の顔が変わった。

「ちがう。出雲崎まで川合を迎《むか》えに行ったのだ」

「川合は帰ってくるのですか？」

大池は、もとの顔に戻《もど》った。

「自殺しないで帰ってくる」

「人騒《ひとさわ》がせなやつだ」

吐《は》き捨《す》てるように言った。

「それだけではない。川合は野口と仲がよかったらしい」

「それは初耳ですな。教頭はだれから聞いたんですか？」

「北原から聞いた。これで、野口が見つかるかもしれんと言った」

古屋が言うと、大池は、

「それは、けっこうなことですな」

と他人事《ひとごと》みたいに言った。

「そうなれば、私も疑《うたが》われなくてすむ」

「だれが疑っているのですか？」

「北原だ」

「私は、あの男はどうも虫が好きません」

大池のこめかみに青筋《あおすじ》が立った。

「私も同じだ」

「北原は危険《きけん》です。ああいう人間は、消えてもらったほうがいいです」

大池は何かやるかもしれない。そのためには、もっと挑発《ちょうはつ》すべきだ。

古屋はそう思った。

「出雲崎から帰ってくるのは、かなりおそくなるだろう」

「そうですか」

大池は、何を考えているのか、それ以上何も言わない。

「では、学校に行くか」

古屋はベンチから立ち上がった。

今日は日曜日だから、学校には当直の職員しかいない。

古屋は、バンパーの裏側から百万円の入った封筒をはずそうと手を入れた。

しかし封筒はない。慌《あわ》てて、あちこちなでまわしたりしたが、どこにも封筒はなかった。

「どうしたんですか?」

大池が聞いた。

「封筒がなくなっている」

「そんなばかな……」

大池が、車体の下に首を突《つ》っこんで探した。

「ありません」

頭を出して言った。

「君を待合室に呼んだ隙《すき》に取られたのだ」

古屋は、頭に血が上ってきた。

「ちくしょう!」

大池が喚《わめ》いた。しかし、その割《わり》にはけろりとした表情をしている。

「まんまとやられたな。しかたない。学校へ行こう」

どうせ渡す金だったと思うと、古屋はそれほど腹は立たなかった。

学校に行くと、古屋は大池と一緒に校長室に入った。

すると、それを見ていたように、携帯《けいたい》電話が鳴った。

「もしもし」

例の男の声だ。

「まんまとやられたよ」

古屋が言った。

「何のことだ？」

男が聞いた。

「金だよ。大池がいなくなった間に持っていったんだろう？　やるじゃないか」

「知らん。おれは金を持っていってない。うそをつくな」

男がどなった。

「そんなばかな。おれはちゃんとバンパーの裏に貼《は》りつけたんだ。君が学校に行けと言うから、
大池を待合室に呼んだ。そうして出てきてみると金はなくなっていた。その間五分もない」

「そんなことは、おれの知ったこっちゃない。とにかく金をよこせ」

「ない」

「ない？　それですむと思っているなら、おまえはあほうだ。そんな田舎芝居《いなかしばい》で騙《だま》されんぞ。これで、おまえの人生は終わりだ」

「だれが持っていったか、教えてくれ？」

古屋の声は、悲鳴になった。

「へたな小細工《こざいく》はやめろ。とにかく、おまえはこれでおしまいだ」

「ちょっと待ってくれ」

男の電話は一方的に切れてしまった。

古屋は、携帯電話をにぎったまま、声も出ない。

「男が持っていったのです。それ以外考えられません」

大池が言った。

「あの男は、私がうそをついていると、怒って電話を切ってしまった。どうしたらいい？」

古屋は大池の顔を見た。

もしかしたら、この男が奪《と》ったのではないかと思った。

——まさか？　しかし、わからない。

5

弥彦山スカイラインを通って山頂まで登ると、そこに弥彦山上《さんじょう》公園があった。展望台《てんぼうだい》から越後平野が見え、日本海の彼方《かなた》にぼんやりと島影《しまかげ》が見える。

「あれが佐渡か？」

光太は、脇《わき》に立っている朝丘に言った。

朝丘は、光太の言葉が聞こえないみたいに、うっとりと日本海を眺《なが》めている。

弥彦山でしばらく時間をつぶしてから、ふたたび弥彦山スカイラインを通って、海岸の越後七《えちごなな》浦《うら》シーサイドラインといわれる道路に出た。

トンネルは多いが、面白い形をした岩が次々とあらわれ、打ち寄せる白い波が間近に迫《せま》ってくる。

その景色《けしき》に見とれているうちに寺泊《てらどまり》に入った。

ここは、昔から佐渡へ渡る港町として栄えたところで、鎌倉《かまくら》時代には、日蓮聖人《にちれんしょうにん》、歌人の藤原《ふじわらの》為兼《ためかね》、日野資朝《ひのすけとも》、順徳上皇《じゅんとくじょうこう》などが、ここから配流地《はいるち》の佐渡へ渡った。

江戸時代には西まわり航路《こうろ》の北前船《きたまえぶね》の寄港地《きこうち》としてにぎわった。

寺泊の町をぶらぶらしているうちに、時計は三時をまわった。

川合とは芭蕉園で四時に待ち合わせている。

彼は、おそらく越後線の出雲崎駅に降り、そこからバスでやってくるに違《ちが》いない。

それなら出雲崎駅で川合を待とうということになった。

「二時十四分の次は四時十四分に着く列車しかありません。四時に待ち合わせると言ったのだから、二時十四分に着く列車でしょう。いまから駅へ行くより、芭蕉園で待っていたほうがいいと思います」

有季が時刻表を見て言った。

「さすが探偵《たんてい》だ。それじゃ芭蕉園に行こう」

北原が感心した。

寺泊から出雲崎までは、車だと三十分もかからないが、歩けばかなりの距離だ。

「芭蕉は、この道を歩いたのですか?」

山内に恵子が聞いた。

「ここは北陸道で、日本海の荒波にさらされた難所《なんしょ》だったでしょうね」

「じゃ、行こうか」

二台の車に分乗した十人は出雲崎に向かった。

出雲崎の入口で、道路は海岸バイパスと旧《きゅう》北陸道に分かれる。

旧道は道幅《みちはば》も狭《せま》く、商家や漁師《りょうし》の家が並んでいる。

その道をしばらく進むと、右手の海岸に良寛堂《りょうかんどう》があった。出雲崎は良寛の生地なので、良寛の生まれた橘屋屋敷跡《たちばなややしきあと》に建てられた。そこから少し行って街を抜けると、左手に芭蕉園があった。これは、芭蕉がこの地を訪れたことを記念してつくられた小公園である。

公園の真ん中にあずまやがあり、そこに少年が一人腰《こし》かけている。

その後《うし》ろ姿《すがた》を見たとたん、川合だと光太は思った。

「川合」

光太が呼びかけると、川合がふり向いた。

みんなが口々に「川合」と呼びかける。

川合は、やってきた人数があまりに多いのに驚いたのか、声も出ない。

「川合、元気そうだな」

北原が川合に近寄って肩をたたいた。

「はい、ご心配かけてすみません」

川合は、ぺこりと頭を下げた。

いつも青白かった川合の顔は日焼けして、ふっくらとして、たくましくなっていた。

「奥の細道を歩いてみて、勉強になったでしょう?」

山内は、すぐ勉強と結びつけたがる。

「はい、なりました。だけど、学校のことはすっかり忘《わす》れちゃった」

「そりゃそうだよな、十日もさぼったんだから。おまえって勇気あるぜ」

町田が言った。

「おまえが脅《おど》かしたから逃げ出したんだ」

朝丘が言うと、町田は、

「悪かった。反省してる」

と笑いながら頭を下げた。

「東京に帰ったら、川合も仲間に入れるぜ」

朝丘が言った。

「仲間？」

川合が聞き返した。

「おれたちここにいる六人で仲間をつくったんだ。それにおまえが入れば七人。セブンスターだ」

朝丘が言うと三原が、

「たばこみてえだな」

と言ったので、みんな笑った。

「先生、この『銀河の序《じょ》』ってのはいいよ」

川合は、石碑《せきひ》の前に歩いていった。しかし、風化して字は読めない。

「何だ？　これ」

光太には何のことかわからない。

「これは、出雲崎あたりの風景をもとに、芭蕉が書いたものと言われているわ。脇《わき》に副碑《ふくひ》がある
でしょう」

山内に言われて、横にある碑文《ひぶん》を読んだ。

ゑちごの驛　出雲崎といふ處より佐渡がしまは海上十八里とかや谷嶺のけんそくまなく東西三十余里によこをれふしてまた初秋の薄霧立もあへす波の音さすかにたかゝらすたゝ手のとゝく計になむ見わたさるけにや此しまはこかねあまたわき出て世にめてたき嶋になむ侍るをむかし今に到りて大罪朝敵の人々遠流の境

にして物うきしまの名に立侍れはいと冷《うとま》しき心地せらるゝに宵の月入かゝる比うみのおもてほのくらく山のかたち雲透にみへて波の音いとゝかなしく聞え侍るに

芭蕉

荒海や佐渡に
よこたふ　天河

「川合、おまえ何て書いてあるかわかるのか？」

町田が聞いた。

「大体わかるよ」

「すげえな。おまえって天才かもよ」

「町田君、それはほめ殺しよ」

山内が言うと、みんな大笑いになった。

光太は、川合がこれまでとはすっかり変わって、明るくなったことにほっとした。

「旅って、いいもんだな」

と朝丘に言うと、

「そうだな」

とうなずいた。

朝丘はいつも言葉少ない。しかし、それで心が通じ合えるのはなぜだろう？

日没《にちぼつ》までは時間があったが、みんなでしゃべっていると、時間の経つのを忘れてしまった。

「そろそろ港に行くか？」

北原に言われて、みんなぞろぞろと港に向かった。

港といっても突堤《とってい》で囲まれて、漁船が数隻舫《すうせきもや》っているだけ。光太たち以外人影《ひとかげ》もない。

空は、昼間からくらべると雲が多くなり、その雲の間から太陽が顔を出している。

この分だと、水平線に沈《しず》む太陽は見えそうにない。

川合は海岸に立って、雲から出たり入ったりする太陽に目を凝《こ》らしている。

太陽が出ると、川合の顔が赤く輝《かがや》く。

山内が川合のそばに近づいた。

「先生、ぼく東京を出たときは死ぬつもりだったんだ」

川合が言うのが光太に聞こえた。

「そうだったの。どうしてやめたの？」

山内は海を眺《なが》めたまま言った。

「旅してる間に、なんだか死ぬのがばかばかしくなっちゃった」

「それはきっと、芭蕉のおかげよ」

「そうかもしれないね」

「奥の細道には、人の世のはかなさを見つめながら、さまざまな出会いが描《えが》かれているわ。人生の喜びも悲しみも、結局は人とのつき合いの中にあるのよ。いじめる人も、いじめられる人もある。それが人間の営み。でも、そこから逃げてはいけない」

「そうだね。もうぼくは逃げないよ」

「よかったわね、川合君。奥の細道のどの句が好き？」

「荒海や佐渡によこたう天の川。だから、どうしてもここに来たかったんだよ」

「私もこの句は好き。日本海の荒海の彼方《かなた》に佐渡がある。そこは多くの流罪《るざい》にあった人たちの悲《ひ》劇《げき》がある。しかし夜空を仰《あお》ぎ見ると、人間の小さな営みとは無関係に天の川が横たわっている。雄大《ゆうだい》ですばらしい句だわ」

「ぼくの奥の細道はここで終わり。歩いてよかった」

太陽は、もう水平線に沈んだのか、空は次第に暗さをましてきた。

佐渡は見えなくなった。この分では天の川も見えないだろう。

芭蕉だって見てないはずだ。それでも、あんなすばらしい句ができたのだ。

光太は、何かつくろうと思って、海に目を凝《こ》らした。

「俳句つくってんのか？」

朝丘がやってきて、光太の心を見透《みす》かしたように言った。

「うん。だけど芭蕉のようにはいかないよ」

「あたりまえだ」

朝丘がいかにもおかしそうに笑った。

「川合、修学旅行に行くだろう？」

町田がやってきて言った。

「ぼくも修学旅行に行けるの？」

川合は半信半疑《はんしんはんぎ》の顔をしている。

「行けるさ。決まってるだろう」

「じゃあ行く」

「やったあ」

「あっという間に三年過ぎて、すてきな仲間になりました」

町田が歌うように言った。

「何それ？」

「先輩《せんぱい》が教えてくれたんだ」

空を眺《なが》めている町田の目が輝いている。

「町田、髪《かみ》を染《そ》めろよ。茶髪《ちゃぱつ》はつれていかないぞ」

北原が遠くから言った。

「わかってるって。明日染めるよ」

「やけに素直《すなお》だな」

「素直じゃ悪いか？」

町田は、にやっと笑った。

6

英治《えいじ》と相原《あいはら》、安永《やすなが》の三人は、夕方から『来々軒《らいらいけん》』に来ていた。

今日は定休日なので、客はいない。

英治は、電話が鳴るたびに腰を浮《う》かした。

「光太から電話よ」

何度目かの電話のあと、純子が言って受話器を渡した。

「川合君とドッキングしたって」

純子の表情もほっとしているふうに見えた。

「もしもし菊地だ。ご苦労さん」

英治は、受話器を取りながら言った。

英治の電話の内容は、みんなにも聞こえている。

「川合のやつ、すっかり変わっちゃいました」

「よかったなあ。川合が今夜帰ってくることは、校長も教頭も知ってるんだろう？」

「知ってます。北原先生が話したから」

「そうか。とりあえず、気を付けて帰ってきてくれ」

英治はそう言って、電話を切った。

「早く会いたいね」

純子が言ったとき、入り口のドアがあいて、「こんばんは」と言いながら、矢場《やば》が一人の女性をつれて入ってきた。

「ひろ子さんのお母さんですね？」

純子がいきなり言ったので、女性はちょっと驚いたふうだったが、

「そうです。私がひろ子の母親です。このたびはみなさんにご迷惑《めいわく》をおかけしまして、本当に申し訳ありませんでした。みんな、私の行いが悪かったために起きたことです」

母親の栄子《えいこ》は、みんなに向かって深々と頭を下げた。

「ひろ子さんが心配ですね」

純子が言うと、

「ひろ子にもしものことがあったら、私はひろ子の後を追うつもりです」

栄子はそう言って、涙《なみだ》をこぼした。

「お母さん、そこまで思いつめないでください」

英治が声をかけたとき、

「実は、ひろ子さんの部屋で日記が見つかったんだ」

「真紀さんが言ってた手帳かな？」

純子が英治の顔を見た。

「そうかもしれないな」

「君にそう聞いたから、お母さんに捜《さが》してもらったんだ。ひろ子さんを見つけ出す手がかりになるかもしれんぞ」

矢場が言うと、栄子はカバンの中から花柄《はながら》の手帳を取り出し、テーブルの上に置いた。

「開いてもいいですね？」

「はい」

「ひろ子さんがいなくなる、ひと月前あたりから見てみろ」

矢場に言われて、英治が手帳を開くと、中には、イニシャルのAとかMとかのあとに、1とか2とか書いてあった。

これは、Aから一万、Mから二万という意味だろうと思った。

「あっ、これ！」

F1　教頭のくせにケチ　いらない

「これはきっと古屋だ」

英治が言うと、相原と安永が手帳をのぞきこんだ。

「そうにちがいない。あの野郎《やろう》」

安永が咆《ほ》えた。

「日付は、彼女がいなくなる十日前だな」

相原が言った。

英治は、手帳をめくっていった。失踪《しっそう》の直前に、ふたたびFという字が出てきた。

Fしつこい　学校にバラしてやる

「何かトラブルがあったんだ」

相原が言った。

「やったのは古ギツネだな」

安永の目が燃えている。

「その可能性《かのうせい》が高いな。よし、この手帳を使って、古ギツネにプレッシャーをかけてやろう」

「何をするんだ？」

英治は、相原に聞いた。

「古ギツネに電話しよう。安永やってくれ。ついでに、病院で金をふんだくったのは大池だと言って、二人の仲をぶっこわすんだ」

「相原、どうして大池が金をふんだくったこと知ってんだ？」

「土井に聞いたんだよ」

「本当に大池が取ったのか？」

「さあ、それは？だ」

「わかった」

安永は、古屋の家の電話番号をプッシュした。

「もしもし」

古屋の声がみんなにも聞こえた。

「古屋さんだね？」

「そうです」

「あんた、野口ひろ子とデートクラブで会って金を渡しただろう？」

「知らん。だいたい、いきなり電話してきて、そんなことを言うなんて失礼だぞ」

「しらばっくれてもむだだ。おれはひろ子の手帳を見たんだ」

「なんだって？」

「それだけじゃない。デートクラブで会ったことをバラされそうになったから、ひろ子を誘拐《ゆうかい》したんじゃないのか？」

「そんなことしていない」

「じゃ、ひろ子はどこへ行ったんだ？」

「知らん」

「うそつくな。おれは大池から聞いたんだ」

「大池が？」

「そうだ」

「そんなのは、でたらめだ」

「そうか。では、いいことを教えてやろう。あんた、病院で金を取られたろう？」

「何が言いたいんだ？」

「だれが取ったか教えてやろう。大池だ」

「まさか……」

「あんたは大池を信じているようだが、やつはすでにあんたを裏切《うらぎ》っている」

「ばかなことを言うな」

「まあ、そう思いたくなければ勝手にすればいい。どっちにしても、あんたが、ひろ子を解放《かいほう》するというのなら、さっきの手帳のありかを教えてやってもいいぞ」

「解放するもなにも、私は本当に何も知らんのだ」

「本当か？」

「ああ、うそじゃない」

古屋の言葉を聞いて、安永は相原の顔を見た。

相原はうなずいて、そのまま続けろというふうに合図した。

「あんたがそう言うなら、信じてやろう。手帳は、学校の校門を入って三本目のポプラの木の下に埋《う》めてある。早く掘《ほ》り出《だ》さないと校長にバラすぞ」

「学校？　あんたはうちの教師か？」

「まあ、そんなところだ」

「聞いたことのない声だな？」

「声を変えてある。早く行け」

安永は電話を切った。

「この電話で古屋は学校に行くだろう」

相原が英治に言った。

「よし、中学へ行こう」

英治と相原と安永の三人が、『来々軒』を飛び出すと、

「おれもあとから行く」

と、矢場が声をかけた。

三人は、中学まで夜の道を走った。

着いてみると、古屋はまだ来ていなかった。

生垣《いけがき》の茂《しげ》みに身を隠《かく》した。

五分ほどして、自転車が停まると、古屋が降《お》りて、校庭に入って行った。

三人は、生垣《いけがき》の隙間《すきま》から校庭をのぞいた。

古屋は、袋《ふくろ》からシャベルを取り出すと、ポプラの木の根を掘《ほ》りはじめた。

「よし。今度は土井だ。電話かけてくれ」

安永に言われて、英治が土井の電話番号をプッシュして安永に渡した。

「もしもし、土井さん?」

安永が言った。

「そうですが」

「近所の者ですが、いま、学校でポプラの木の下を掘っている不審《ふしん》人物を見かけました。急いで

見に行ったほうがいいですよ」

安永は電話を切った。

「校長にも電話しよう」

今度は、相原が携帯を取って、同じように、校庭に不審人物がいるから見に行くように校長に伝えた。

相原は電話を切ると、

「これで、ますます面白くなるぞ」

とにやっとした。

古屋は必死になって木の根を掘っているが、土が固いのか、作業はなかなか進まない。

しばらくすると、土井があらわれて、古屋のうしろに立ったが、古屋は掘ることに夢中になっていて、全然気づかない。

「こら、何しとる！」

突然土井がどなりつけると、古屋はびっくりして尻《しり》もちをついてしまった。

「私は怪《あや》しい者ではない！」

「こんな時間に、木の根元を掘って何が怪しくないだ？」

土井は、いきなり古屋の横腹《よこばら》をけった。

古屋が悲鳴をあげて腹を押《お》さえた。

「ちょっと待ってくれ。私は教頭の古屋だ」

「このうそつき野郎」

土井は、また古屋をけとばした。

古屋は四つんばいになりながら、

「教頭の古屋だ」

と喚《わめ》いた。

土井が懐中電灯《かいちゅうでんとう》を古屋に当てた。

「教頭じゃないですか？　どうしてこんなまねをするんですか？」

「これにはわけがある。君と私だけの秘密《ひみつ》にしてくれないか」

古屋は手をついて頼《たの》んだ。

「秘密とは何だ？」

暗闇《くらやみ》の中から声が聞こえ、校長の新田が姿をあらわした。

「古屋君、事情を説明したまえ」

新田は居丈高《いたけだか》になった。

「それは、かんべんしてください」

「話せないわけがあるのかね？」

「はい」

古屋は、消え入りそうな声になった。

「さっきから見ていたら、何か掘り出そうとしているみたいでした」

土井が言った。

「私のプライベートなものです」

「古屋君、そんなばかばかしい話はやめたまえ」

校長はだんだんエスカレートしてきた。

「いいえ、本当です」

古屋はしどろもどろだ。

「それじゃ、土井君手伝ってやれ」

新田に言われて、土井が一緒に掘り出した。

「これ以上見ててもしょうがない。もう帰ろう」

相原は立ち上がって、英治と安永に声をかけた。

「だけど、ひろ子はどうなったんだろう」

「本当に、古屋が誘拐《ゆうかい》したんじゃないのか？」

「わからん。それは矢場さんにまかせよう」

三人は気分が晴れないまま、学校を後にした。

7

英治たちが『来々軒』に戻《もど》って、一時間ほどすると、光太や北原たちが帰ってきた。山内の車に乗っていた女子たちも一緒だ。

「ただいま」

光太が威勢《いせい》よく店に入ると、北原たちが、ぞろぞろとそれに続いた。

「あれ、山内先生と川合君は？」

純子が聞くと、

「うん。川合がここに来る前に、ちょっと家に寄ってほしいって言うから、山内先生がそっちを回ってくれてるんだ」

光太が言った。

「そうか。だから、川合君もここにいないのか」

英治が、周りを見回しながら言った。

「じゃあ、ご飯はみんながそろってからにしよっか」

「えー、それはないよ。おれたち、途中で何も食べずにがまんしたから腹ぺこなんだよ」

「それは、山内先生たちだっていっしょでしょ」

純子は、聞く耳を持たない。

「まあまあ、純子。それは、二人が来た時にまたやろう。おれも手伝うから、光太たちに先に作ってやろうぜ」

日比野《ひびの》が、すかさず助け舟を出した。

「……そうね。じゃ、そうしようか」

「やったあ。さすが日比野さん、話がわかるなあ。じゃ、そういうことで姉貴《あねき》、大至急《だいしきゅう》、半チャン・ラーメンを人数分頼むよ」

「ずいぶん調子がいいのね」

純子はそう言うと、日比野と一緒にキッチンに入っていった。

それからまもなく、ラーメンとチャーハンが次々と運ばれてきた。

「さあ、みんなうんと食ってくれ」

父親の義介《よしすけ》が出てきて言った。

よほど腹がへっていたのか、みんな夢中になってラーメンを食べはじめた。

そこに、学校から戻ってきた矢場が、北原の隣《となり》に腰をおろした。

「矢場さんも食べますか?」

「もちろん」

「校長はあらわれましたか?」

北原は、食べるのを中断して聞いた。

「やってきましたよ。教頭がポプラの木の下を掘っている真っ最中に」

矢場が言った。

「ポプラの木の下に何があるんですか?」

光太が、けげんそうに聞いた。

「野口ひろ子の手帳さ」

英治が言った。

「え?」

川合は、光太と顔を見合わせた。

「手帳はここにある」

英治は手帳をみんなに見せてから、

「学校のポプラの木の下に埋めてあるから、早く行って掘り出せ、と教頭に電話したのさ。それから校長と土井にも……」

「それで、どうなりました?」

北原が矢場に聞いた。

「最初、古屋は、なぜポプラの木の下を掘っているのか、話そうとしませんでした。しかし、いくら掘っても何も出てこないので、自分のことが書かれた手帳をここに埋めたという電話があったので、やってきたと言ったんです」

　それは、こんな具合だったと矢場が言った。

「その電話の内容をくわしく話してもらおうか？」

　新田が言った。

「野口ひろ子の手帳を埋めた。それには私のことが書いてある。早く行かないと、校長先生にバラすぞ、と電話があったので、慌《あわ》ててやってきたのです」

　古屋はすっかり開き直っている。

「私のところにあった電話は、校庭でポプラの木の下を掘っている怪しいやつがいるから見に行け、という内容だった。土井君のところにはどんな電話があった？」

　新田が聞いた。

「私も一緒です」

　土井が言った。

「電話をしたのは、いったいだれですか？」

　古屋は三人の顔を見た。

「あんたは、もう気づいたはずだ」

　土井が決めつけた。

「だれだ？　君か？」

古屋は、土井を指さした。

「じょうだんじゃない。あんたがいちばん信用しているやつに裏切られたのさ。飼《か》い犬に手をかまれたんだよ」

古屋は、急に黙《だま》ってしまった。

「矢場さん、今夜のことは見なかったことにしていただけないでしょうか？」

新田が改まって言うと、頭を下げた。すると土井もつづいて、

「おねがいします」

と頭を下げた。

「おねがいします」

古屋も、しかたなさそうに頭を下げた。夜目にも、表情がこわばっているのがわかった。

「古屋さん、あなたは野口ひろ子の失踪について、本当に何も知らないんですか？」

矢場が聞くと、

「実は……」

古屋が、きまり悪そうに口を開いた。

「デートクラブには、一年前に通いはじめたのですが、野口に会ったのはひと月ほど前でした。私は最初に会った時に、これはまずいと思ったので、多めに金を渡して口止めしようとしたんで

す。そうしたら、そんなケチな金いらないと言われて……」

「学校で、バラされると思ったんですか？」

矢場が聞いた。

「ええ」

「彼女に何かしたりはしていませんね？」

「もちろんです。口止めしようと必死でしたから」

「それなら、なぜ彼女はいなくなったんでしょう？　何か知っているんじゃないですか？」

「それが、もう一度捕《つか》まえて説得しようと思っているうちに、突然いなくなってしまったんです」

「じゃあ、どこにいるのか見当もつかないと？」

「そうです。私も捜していたんですから」

「そうですか。あなたならご存じかと思っていたんですが……。とはいえ、教頭がデートクラブに通っていたなんて、非常に残念な話です」

矢場が、うつむいたままの古屋の顔をのぞきこむようにして言った。

「修学旅行はいつあるんですか？」

矢場が話題を変えて、新田に聞いた。

「あさってです」

「二泊三日でしたね？」

矢場は念を押した。

「そうです」

「修学旅行は延期してください。野口ひろ子を見つけることが、何よりも先です」

「おっしゃる通りです。延期にしましょう」

新田がうなずいた。

「それでは、今夜はこれで帰ります」

矢場は、そう言って帰ってきた。


「なるほど、そういうことだったのか」

英治は、相原と顔を見合わせてうなずき合った。

その時、のれんから、山内と川合が顔をのぞかせた。

「おかえりなさい！」

純子が、真っ先に声をかけると、光太が川合に駆《か》け寄《よ》り、英治たちに紹介《しょうかい》した。

「さあ、早く入りなよ」

光太が、二人の手を引っ張ったが、

「遅くなってごめんなさい。みんなにどうしても会ってもらいたい人をつれにいってたの」

山内は、店の前に立ったままで言った。

「それって、川合のこと言ってるの？」

「川合君もそうだけど、もう一人いるの」

「もう一人？」

町田も、わけがわからず目を白黒させている。

「野口ひろ子さんよ」

「えーっ？」

その場にいる全員が声を上げた。

「ひろ子さん、いらっしゃい」

山内の手招《てまね》きで、ひろ子がゆっくりと姿を見せた。

「ひろ子！　どこにいたの？」

栄子がひろ子のもとに走り寄り、抱《だ》きしめた。

「ずっと川合君の家にいたんだ」

「それ、本当？」

「ヤバイから、ぼくんちに隠《かく》れてろ、って言われたんだよ」

ひろ子は、川合の顔を見て言った。

「そうか。それなら、誰《だれ》かに誘拐されたとか、危害《きがい》を加えられたりしたということはないんだな？」

北原が確認すると、ひろ子が小さくうなずいた。

「それはよかった。心配したぞ」

北原は英治たちと顔を見合わせた。

「今は二人ともこんなですけど、川合君とは幼馴染《おさななじみ》で、お母さんのことも小さいころからよく知っていたんです」

「川合君は、どうしてひろ子さんがヤバイって思ったんだ？」

英治が聞いた。

「二週間くらい前かな。ひろ子から、デートクラブのおかしな客に付け回されてる、って相談を受けたんです。どんなやつかは詳しく聞かなかったけど、かなりしつこくて、ヤバそうだったので、家から出ちゃダメだって言ったんです」

「でも、こんな母親でしょ。いつも留守にしてて、まったく頼りにならないから」

ひろ子が、栄子をちらっと見ると、栄子は恥《は》ずかしそうに顔を伏《ふ》せた。

「それで、君は一人旅に出たのか？」

相原が、川合に聞いた。

「そういうわけではありません。前から奥の細道を旅してみたいと思っていたし、自殺騒動《そうどう》もあったし……」

「川合君が山形から私に電話くれたとき、ひろ子さんのことを話したのに、教えてくれなかったのはなぜ？」

山内が聞いた。

「タイミングからして、自殺予告とひろ子の件《けん》がつながっているはずだって、旅に出てから気づいたんです。だから、犯人《はんにん》が捕まるまでは、誰にも言えないと思ったんです」

「じゃあ、それまであなたは、自宅に帰るつもりはなかったのね？」

「はい。でも、光太の話を聞いて、考えが変わりました」

「もしかして、ひろ子に手紙を出させたのも川合か？」

北原が聞くと、

「みんなにも、そのことに気づいてほしかったんです」

川合が、そう言ってうなずいた。

「だけど、なんでおれ宛《あて》に？」

光太が、首をひねった。

「光太はクラス委員だし、先生ともうまくやってる。君に知らせれば、たくさんの人に知ってもらえると思って、ひろ子にそう言ったんだ」

「そうか。だから、おれじゃなかったんだな」

町田が、三原と顔を見合わせて苦笑した。

「川合君、よくやってくれた。君のおかげで、犯人はもう捕まえたようなものだ。安心してくれ」

矢場が、川合の肩《かた》をたたいた。

「だれですか？」

「教頭の古屋だ。ひろ子さん、そうだね？」

「はい」

「えっ、そうだったんですか？」

川合が絶句した。

「教頭でありながら、中高生に金を渡してデートしてたなんてけしからん。だが、今回のことは、ひろ子さんにも問題があるぞ」

「本当にごめんなさい。もう二度としません」

ひろ子は、人が変わったみたいにしおらしくなった。

「じゃあ、校長に修学旅行を中止しないと自殺するという電話をしたのも、教頭だったんですか？」

英治が、矢場に聞いた。

「おそらくそうだろう。ひろ子さんが口止めのための金を受け取らなかったから、自殺にみせかけて殺そうと思ってたんじゃないか。本人は否定《ひてい》していたけど」

「恐《おそ》ろしいやつだ。だけど、だからといって、脅迫《きょうはく》電話までする必要があったのかな？」

「修学旅行を決行しても、中止しても、校長の判断《はんだん》は批判《ひはん》の的《まと》になる。それに乗じて、自分が校長になろうと思ったんだろう」

「へたな工作だね。教頭なんだから、もう少しましなことが考えられないかと思うけど、人間は切羽《せっぱ》つまると、ボロを出すものだからね」

「ワルは教頭だけじゃない。ストーカーをしていた大池も、教頭を恐喝《きょうかつ》した土井も、その三人を監督《かんとく》できなかった校長もみんないっしょだ。こんな教師たちには、辞めてもらうしかない。明日、全部テレビで放映《ほうえい》するから、みんな見てくれよ」

矢場が言った。

「こんなことが公になったら、生徒たちは教師に失望するぜ」

英治は相原の顔を見た。

「そうだろう。そう思ったら教師になれよ。いま、いい教師が必要なんだ」

「おまえまでがそんなことを言うのか？」

「おまえは教師に向いている」

安永も、真顔で言った。

エピローグ

Sei Kitahara

デートクラブに通っていたのがバレそうになり、学校に脅迫《きょうはく》電話をかけた古屋《ふるや》。その古屋を陰《かげ》でサポートし、ストーカー騒《さわ》ぎまで起こした大池《おおいけ》。古屋から金を脅《おど》し取《と》ろうとした土井《どい》。そして、不正に学校の交際費を使っていた校長の新田《にった》──。

芋《いも》づる式に発覚した、教師たちによる相次ぐ不祥事《ふしょうじ》はマスコミで大きく報道され、社会から激《はげ》しい批判《ひはん》を浴《あ》びた。その影響《えいきょう》で、四人は辞職《じしょく》、修学旅行も延期になってしまった。

だが、その後やってきた新しい校長と教頭が、必死に体制を立て直したことで、一か月後、無事に実施《じっし》されることになった。

そして、いよいよ待ちに待った修学旅行に出かける日がやってきた。

その日の朝は、梅雨《つゆ》だというのに快晴だった。

東京駅を七時二十分に出る新幹線だというので、少なくとも七時前には東京駅に着かなくてはならない。

六時前に相原《あいはら》の電話で起こされた英治《えいじ》は、半分眠《ねむ》りながら駅へ行った。

そこには相原と安永《やすなが》が、英治を待っていた。

「こんないい天気になって、あいつたち、ついてるぜ」

安永が空を見上げて言った。

そういえば、英治は急いでいて空を眺《なが》める余裕《よゆう》もなかった。

言われてみれば、雲一つない快晴である。

東京駅に着くと、顔見知りの連中がにぎやかに話していた。

純子《じゅんこ》とひとみと久美子《くみこ》、それに有季《ゆうき》も来ていた。

北原《きたはら》は英治たちを見つけて、

「見送りに来てくれたのか、すまないなあ」

と言った。

「この三日間は何もかも忘《わす》れて、みんなを楽しませてやってください」

英治が言うと、脇《わき》に川合《かわい》がいた。顔が合うと、

「おはようございます」

と元気な声で言った。

すてきな笑顔をしている。

遠くにいる朝丘《あさおか》と目が合った。朝丘は、わずかに頭を下げた。

光太《こうた》や、町田《まちだ》や三原《みはら》がかわるがわるやってきてはあいさつする。

どの顔も生き生きしている。

「光太たち、どうやらいい仲間になったみたいだな」

相原が言った。

英治も、よかったと思った。

気がつくと、朝丘がそばにいた。

「みんな楽しそうじゃないか？」

と言うと、

「そうでもないすよ。しかたなく行くやつもいます」

と醒《さ》めた顔で言った。

「おまえはどうだ？」

「ぼく？　ぼくは楽しいですよ」

さほどはしゃいでもいないが、これが朝丘の楽しい顔なのだと思った。

「それはいいけど、おれたちにおみやげを買うのを忘れるなよ」

「わかってます」

はじめて朝丘が笑顔を見せた。

みんな新幹線に乗りこんだ。

川合とひろ子の顔も見える。

「いろいろとありがとう」

山内《やまうち》が手をふって列車に乗りこんだ。

「出て行く列車に手をふるってのはかっこ悪いから、そろそろ帰るか？」

相原の言いそうなことだ。

「そうだな」

英治は、さからわず、相原と並《なら》んでホームの階段《かいだん》を降《お》りた。

本書は、一九九七年に角川文庫から刊行されたものに加筆修正をしました。

本作品中の社会事象や風俗、少年法、一般的な用語、呼称などの表現の多くは、発表当時のままであることをおことわりいたします。

宗田　理（そうだ・おさむ）
1928年、東京都生まれ。日本大学芸術学部卒業。父親の死後、少年期を愛知県ですごす。大学入学と同時に上京、出版社勤務を経て作家活動に入る。1979年、直木賞候補作となった『未知海域』で作家デビュー、社会派ミステリーや企業情報小説等で活躍。現在は、名古屋市在住。
主な著作は、大ベストセラー『ぼくらの七日間戦争』をはじめとする「ぼくら」シリーズ（全29巻）のほか、少年の罪と罰を描いた『13歳の黙示録』『天路』、『早咲きの花——子どもたちの戦友』など多数。映画化作品に「ぼくらの七日間戦争」（ブルーリボン作品賞、他受賞）、「仮面学園」「ほたるの星」「早咲きの花」がある。旺盛な執筆活動のほか、教育問題、豊橋ふるさと大使などでも活躍中。

初出　『ぼくらのロストワールド』（1997年7月　角川文庫）

「ぼくら」シリーズ24
ぼくらのロストワールド

発　行　2017年7月　第1刷　　　2018年5月　第4刷
作　者　宗田　理
発行者　長谷川 均
　担当　門田奈穂子
　編集協力　遊子堂
発行所　株式会社ポプラ社
〒160-8565 東京都新宿区大京町 22-1
電話　03-3357-2216（編集）03-3357-2212（営業）
ホームページ　www.poplar.co.jp
印刷・製本　中央精版印刷株式会社

ISBN978-4-591-15502-8　N.D.C.913/327P/19cm

落丁本・乱丁本は送料小社負担でお取り替えいたします。
小社製作部宛にご連絡ください。
電話 0120-666-553
受付時間は月～金曜日　9:00 ～ 17:00 です（祝日・休日は除く）。

読者の皆様からのお便りをお待ちしております。
頂いたお便りは著者にお渡しいたします。

「ぼくら」はここから始まった——

もう帰ってくんないかな。
おれたち、いま
おやつの時間なんだ

「ぼくらの七日間戦争」

夏休みを前にした1学期の終業式の日、東京下町にある中学校の、1年2組の男子生徒全員が、姿を消した。いったいどこへ……？　中学生と大人たちの、七日間に及ぶ大戦争。中高生たちの熱い支持を受け続ける大ベストセラー！

解放区より愛をこめて

解放軍

ってのはね、
勉強からも
解放される
ところさ

服装はすべての基本だ。
服装が乱れれば心も乱れて
非行になるのだ

子どもは、おとなの言うことをなんでも聞かなくちゃなんねえのか？ このクソガキ！

「ぼくら」のメンバー紹介

イラスト◎加藤アカツキ

菊地英治《きくちえいじ》

ぼくらシリーズの主人公。思いやりがありアイディア豊か、いたずら好きで行動的なぼくらのリーダー。ひとみのことが好き?

相原徹《あいはらとおる》

英治の親友。クールで冷静、的確な判断で作戦を組み立てる司令塔。たよれるもう一人のぼくらのリーダー。

安永宏《やすながひろし》

仲間思いでかつケンカの達人。大工の息子で、高校に進学せず、働いて家計を助けている。久美子と相思相愛。

柿沼直樹《かきぬまなおき》

愛称カッキー。キザでナンパだけど憎めないおしゃれボーイ。家は柿沼産婦人科医院。英治とは幼なじみ。

日比野朗《ひびのあきら》

食べることなら誰にも負けない、デブでドジな愛されキャラ。シェフを目指してイタリア料理店でアルバイト中。

天野司《あまのつかさ》

ぼくらの実況中継担当、マイクを持ったら止まらない。大のプロレス好き。将来の夢はスポーツアナウンサー。

中尾和人《なかおかずと》

運動神経はイマイチだが、塾に行かなくても成績トップの秀才。ぼくらの頭脳担当。メガネが目印。

仲間がいれば ぼくらは無敵だ！

宇野秀明《うのひであき》

最初は弱虫だったが、ぼくらの仲間になって強くなった。あだ名のシマリスちゃんを返上してコブラに。過保護ママが有名。

谷本聡《たにもとさとる》

電気工作ならまかせろの、エレクトロニクスの天才、あだ名はエレキング。いたずらのしかけには欠かせない存在。

すてきな仲間はたからもの

小黒健二《おぐろけんじ》

東大志望のガリ勉タイプ。しかし友だちの有り難さを実感している。

立石剛《たていしつよし》

三代続く花火屋の息子で、自分も花火師として活躍。星にも詳しい。

佐山信《さやましん》

中3の時に長野から転校してきた。聴覚に障害があり、補聴器をつけているせいで、いじめられた経験がある。

秋元尚也《あきもとなおや》

天才的に絵がうまい、ぼくらのアート担当。

矢場勇《やばいさむ》

テレビ芸能レポーター。「七日間戦争」で出会ってから、ぼくらを一番買っている大人。よく相談にのったり、協力してくれる。

木俣研一《きまたけんいち》

英治や相原に憧れる、1年後輩。サッカーの名プレイヤー。

瀬川卓蔵《せがわたくぞう》

「七日間戦争」の舞台となった廃工場で出会ったおじいさん。もとはエリートだったらしいがいまはやさぐれ老人。ぼくらの最大の味方。『ぼくらのコブラ記念日』で死去。

堀場《ほりば》久美子《くみこ》

市の有力者である父親に反発してスケバンを張っていた最強女子。キックが得意。姐御肌で頼れる存在。安永と相思相愛。

中山《なかやま》ひとみ

ぼくらのヒロイン。華やかで大人っぽい美少女だがじつはけっこうお転婆。英治のことは憎からず思っている…？料亭「玉すだれ」の娘。

橋口《はしぐち》純子《じゅんこ》

七人きょうだいの一番上だけに、面倒見がよく、明るくおおらか。中華料理屋「来々軒」の娘。

朝倉《あさくら》佐織《さおり》

おとなしいが大胆なところもある。家が経営していた幼稚園を、ぼくらのアドバイスで「老稚園」に転換。

滝川《たきがわ》ルミ

英治や相原の1年後輩。相原にあこがれて、妹にしてもらった。父親は泥棒!?

石坂《いしざか》さよ

ぼくらも驚くほどいたずら大好きなスーパーばあさん。ルミの父親が服役中、銀鈴荘でルミと暮らしていたことがある。『ぼくらの修学旅行』で死去。

中学生編　全11巻

『ぼくらの危《ヤ》バイト作戦』

療養中の父親に代わり、厳しいバイトで生活を支える安永を助けるため、ぼくらは自分たちでできる金儲け作戦を練り始める。

『ぼくらのC《クリーン》計画』

汚職政治家リストが載っている「黒い手帳」をめぐって、争奪戦が始まった！　マスコミや殺し屋を巻き込んで、大騒動が起こる！

『ぼくらの修学旅行』

聴覚障害をもつ佐山が転校してきた。急な転校だったため修学旅行に参加できない佐山のために、ぼくらは自分たちだけの修学旅行を計画する。

『ぼくらの㊙学園祭』

学園祭で「赤ずきん」をやることになったぼくらは、面白くするための知恵をしぼるうちに事件に巻き込まれ、イタリアンマフィアと対決することに！

『ぼくらの最終戦争』

ぼくらもいよいよ中学を卒業する。さて、どんな卒業式にするかと策略を練るが、教師たちの警戒態勢も厳重に。中学生編最終巻！

『ぼくらの天使ゲーム』

七日間戦争のあと、ぼくらが新しく始めたのは、「一日一善運動」。彼らが次々実行する「いいこと」に、大人たちは閉口するばかり。

『ぼくらの大冒険』

転校生がやってきた。彼はUFOを呼ぶことができるらしい。さっそくUFO見物に行ったが、2人が行方不明になってしまった…！

『ぼくらと七人の盗賊たち』

春休みの遠足中に、腹痛をおこした宇野がかけこんだのは、なんと泥棒のアジトだった！　ぼくらと七福神との痛快な攻防戦。

『ぼくらのデスマッチ』

新たに担任になった真田は「手本は二宮金次郎」という古風な先生。その真田のもとに、「殺人予告状」が届く。誰が、何のために…？

『ぼくらの秘島探険隊』

中2の夏、ぼくらは沖縄へ向かった。銀鈴荘の金城まさから、故郷があこぎなリゾート開発業者の手に渡り、骨も埋められないと聞いたからだ。

高校生編　既刊13巻

『ぼくらのメリークリスマス』

ルミが誘拐され、かつて金庫破りを得意としていた為朝は、宝石店の高価なルビー「赤い花」を盗み出すように脅迫される。黒幕は誰だ?

『ぼくらのミステリー列車』

高校生になったぼくらは夏休み、鈍行列車であてのない旅に出るが、その途中、自殺しようとしている男女を見つけ、追いかける。

『ぼくらの秘密結社』

矢場が調べていた中国人殺人事件に巻き込まれたぼくら。中国マフィアに対抗して秘密結社「KOBURA」を結成。最終決戦は花火大会で!

『ぼくらの「第九」殺人事件』

年末の「第九」の合唱に参加することになったぼくら。そこにはひとみの学校のグループ、「セブンシスターズ」もいて……。

『ぼくらの悪《ワル》校長退治』

ひとみの友人みえの姉は、教師になって津軽の中学へ赴任した。ところがそこで、校長一派からいじめを受けているという。ぼくらは青森に乗り出す。

『ぼくらの「最強」イレブン』

イタリアにサッカー留学をしていた木俣が帰ってきた。崩壊寸前のサッカー部を立て直すために、部員集めにぼくらが大奮闘するが……。

『ぼくらのコブラ記念日』

いよいよ具合が悪化してきた瀬川老人は、英治たちに息子捜しを依頼した。ずっと隠してきた秘密を打ち明けるためだ。再び瀬川さんに迫る危機に立ち向かえ!

『ぼくらの大脱走』

高校に入ってからグレてしまった三矢麻衣は、瀬戸内海の孤島にある矯正施設に入れられてしまった。そのひどい実態を知ったぼくらは麻衣を助け出す。

『ぼくらの魔女戦記Ⅰ黒ミサ城へ』

フィレンツェに料理修業に行った日比野が、謎の言葉をのこして消えた。今もいるという魔女の仕業なのか?　英治と相原はイタリアに向かう。

『ぼくらの恐怖ゾーン』

日比野の友人塚本が以前住んでいた赤城の家を訪れると、そこはからくり屋敷だった。あかずの間で次々に起こる変死事件…。2A探偵局の二人が大活躍!

『ぼくらの魔女戦記Ⅲ 黒ミサ城脱出』

城の地下牢に閉じ込められた英治たちを助けるために、日比野やルチアも城へ。魔女交替の契約期限の日が迫り、黒ミサが行われることに。魔女戦記完結編!

『ぼくらの魔女戦記Ⅱ 黒衣の女王』

フィレンツェに行った日比野は、美少女と友だちになった。魔女の資格をもつために闇の組織から追われている彼女と一緒に、日比野はイタリアを駆け回る!

『ぼくらのロストワールド』

安永の妹たちがいる中学校に、「修学旅行をやめないと自殺する」という脅迫電話がかかってきた。ぼくらは中学生たちを助けるために、解決に乗り出した。

新「ぼくら」シリーズ 全3巻

長身でイケメンの友永京助、クールな秀才富山慎之介を中心に、新たなチーム「ぼくら」が登場! 新ぼくらも元気いっぱい大暴れ!」

『ぼくらの奇跡の七日間』

星が丘学園中等部2年、ぼくらがいるのは「ワルガキ組」と呼ばれるクラス。さて、ぼくらの住む星が丘で、なぜかおとなだけに、ある症状が発症した。おとなたちは避難を余儀なくされ、子どもたちは居留地=聖域を手に入れる!

『ぼくらのモンスターハント』

本好きの摩耶が書店で偶然見つけた「モンスター辞典」は、街の悪者たちの名前が次々現れる不思議な本。摩耶はぼくらと手を組んでモンスター退治に乗り出す。

『ぼくらの最後の聖戦』

赤い靴をはいた子どもが次々に失踪する事件が起きた。銅像の前には犯行予告も。魔石「天使の泪」をめぐる闘いもクライマックス。ぼくらは石を守り通せるか?

おたよりの宛先

〒160-8565 東京都新宿区大京町22-1
ポプラ社編集局「ぼくらシリーズ応援係」まで